トム・クランシー&
スティーヴ・ピチェニック
伏見威蕃/訳

暗黒地帯（上）

ダーク・ゾーン

Dark Zone

JN118028

扶桑社ミステリー
1579

TOM CLANCY'S OP-CENTER:
DARK ZONE (Vol.1)

Created by Tom Clancy and Steve Pieczenik

Written by Jeff Rovin and George Galdorisi

Japanese translation and electronic rights arranged with
Jack Ryan Limited Partnership and S & R Literary Inc.
c/o William Morris Endeavor Entertainment LLC., New York
through Tuttle-Mori Agency, Inc., Tokyo

暗黒地帯（ダーク・ゾーン）（上）

登場人物

チェイス・ウィリアムズ	オプ・センター長官
アン・サリヴァン	オプ・センター副長官
ロジャー・マコード	オプ・センター情報部長
アーロン・ブレイク	オプ・センター情報部ギーク・タンク・リーダー
ブライアン・ドーソン	オプ・センター作戦部長
ポール・バンコール	オプ・センター国際危機管理官
マイケル・ヴォルナー	米陸軍少佐、統合特殊作戦コマンド所属
チャールズ・ムーア	米海兵隊上級曹長、同上
ワイアット・ミドキフ	アメリカ合衆国大統領
トレヴァー・ハワード	国家安全保障問題担当大統領補佐官
マット・ベリー	大統領次席補佐官
ダグラス・フラナリー	元駐ウクライナ米大使
ガリーナ・ペトレンコ	国連ウクライナ代表部所属の諜報員
アンドレイ・チェルカーソフ	ロシア連邦軍参謀本部情報総局の暗殺者
ヨシプ・ロマネンコ	ウクライナ陸軍少佐
ハヴリロ・コヴァル	ロマネンコの部下、VR技術者
タラス・クリモーヴィチ	ウクライナ陸軍少将、戦車戦の英雄
アナトーリー・イェルショーフ	ロシア陸軍大将、西部軍管区司令官

1

ニューヨーク州、ニューヨーク
六月二日、午前十一時二十五分

「味方を騙すことができても、敵をけっして騙さないのが外交官だといわれているわ」

ダグラス・フラナリーは、風で乱れた灰色の髪をサングラスの上から払い、話し手のほうを向いた。六十二歳の元大使フラナリーは、サウスストリート・シーポート近くのベンチに座り、イースト・リヴァーの水面で踊っている昼前の陽光を眺めて、水上タクシーやフェリーが高速で行き来するたびに光のかけらが跳ねたり突き立ったりするのに見入っていた。前に川のそばで座って彼女を待っていたときのことを、フラナリーは思い出していた。昔の雰囲気が残るドニエプル川西側、右岸の公園だった。

木立は冬枯れし、栗鼠（りす）は飢えてひとを怖れなくなっていた。ここにも栗鼠がいるが、餌（えさ）をじゅうぶんに食べている。

フラナリーは、口をひらいた女のほうをちょっと見つめて、意外なくらい——どうやって別れたかを思えば不思議なくらい——落ち着き払って眺めまわしてから、催眠効果のある川面（かわも）に目を戻した。彼女が元気そうだったのでほっとした。だが、女のなまりを聞いて、すべてを圧倒する激しい感情がたちまちこみあげてきた。彼女の英語にはウクライナ語の抑揚があり、喉（のど）の奥から声が出てきて、すこし鼻にかかっている。キエフのアメリカ大使館に八年いたあいだにフラナリーがなじんだなまりだった。フラナリーはウクライナ語に堪能だった——ニューヨーク大学で通訳の修士号を得ている——が、連絡はほとんど文書で行なっていたので、正確なアクセントを会得するにはいたらなかった。

「その言葉は聞いたことがある」フラナリーは答えた。「だから、わたしは三十年以上かけて、外交官はだれだろうと同等に扱うということを学んだ——潜在的な敵として」

「旧い友人や同盟者でも？」

「だれでもおなじだ」思ったよりも厳しい口調になったので、フラナリーは体をこわばらせた。やがて肩の力を抜いた。クリミアでの紛争で、すべての当事者がそんなふうに緊張し――非情になるか、さらに悪い反応を示しがちだった。

「なるほどね」女が静かに答えた。

「さまざまな事件がわたしたちを変える。同盟関係が難しくなる」フラナリーは、すまなそうな口調でいった。「〝旧い〟は、かならずしも落ち着いた関係とはいえない。それでも最初からやり直さなければならない」

「こういう言葉もあるわね。〝旧きことはすべて、ふたたびあらたになる〟」

フラナリーはうなずき、ベンチの反対側の端にゆったりと座っている、慣れ親しんだ姿をもう一度ちらりと見た。彼女は三十代の終わりだった。髪が黒く、首が長く、率直そうな丸顔をポニーテイル二本にまとめた黒髪が囲んでいる。パウダーブルーのジョギングスーツが、汗で光っていた。水をごくごく飲み、メールを書きながら、彼女がいった。

「友人も同盟国も、知らず知らずなにかを要求するわけね」

「そうせざるをえない」フラナリーは認めた。「もっとも、たまには例外があると思っている。ただ挨拶(あいさつ)をしたり、再会したりするのを望む人間もいるだろう。そうでないようなら、なにかの魂胆があると思うかもしれない」

女が横目でフラナリーのほうを見た。「なにがいちばん記憶に残っているかわかる、ダグラス？　マレーシア航空17便が撃墜されたあとでオーストラリア大使を出迎えたときのあなたのこと、よく憶えているわ。オーストラリア人がおおぜい亡くなり、あなたはほんとうに心からお悔やみを表わしていた。あなたはいつでも人道主義者ね」
「三年前のことだ。べつの人生だよ」フラナリーは女の視線を受けとめたが、すぐにふたりとも目をそらした。

クリミア危機の三年前の二〇一一年、チェルノブイリ原発事故後に二歳でチェルノフツィから移住したガリーナ・ペトレンコは、アメリカ人職員が任地に慣熟するのを手伝うADC——着任・離任・調整係——という役職に就いた。フラナリーはガリーナの労働倫理、愛国主義、勇気に感心した。大使館に二年勤務したあと、ガリーナは徴兵されたが、身体検査でステージ1の甲状腺癌（こうじょうせんがん）であることがわかって不合格になった。ガリーナは治療のために数日休んだだけで、大使館の仕事に復帰した。だが、彼女は職務と自由を危険にさらしてスパイ活動を行ない、役に立ちそうな情報をZSU——ウクライナ軍（ズブロイニー・シリ・ウクライアニ）に流した。フラナリーは共通の知人を通じてガリーナのことを調査し、やむをえず解雇した。その後、ガリーナがウクライナの海外情報部、ウクライナ対外偵察局（スルジバ・ゾヴニーシニオイア・ラズヴィードキ・ウクライアニ）の中将のもとで勤務し、現在は国連ウクライナ代表部で通訳を務めていることを、フラナリーは知っていた。フラナリーは二週間前〈ヨーク平和のための組織〉のフェローに就任し、それが発表されていたので、ガリーナから連絡があったのは意外ではなかった。そのシンクタンクは、パール・ストリートにある独立戦争時代の三階建ての領主館に置かれていた。〝ヨーク〟は東欧からの裕福な移住者の資金で運営され、その地域の政策の分析と助言に深く関わっている。

「健全な状態かな?」フラナリーはきいた。

「二年間、寛解なし。あと三年、ようす見ね」ガリーナが、そういってから片方の眉をあげた。「それとも、べつのことをきいているのかしら?」

「わたしがいいたいのは……」フラナリーは、気が進まないことをいおうとしているような感じで、自分の喉に触れた。「ただ、きみがここでロシア人と関係しているという噂があるとつけくわえた。「情報を買っているのか?」

「わたしたちは彼らから情報を買う。彼らはわたしたちから買う――正直な取り決めよ。だれも騙されていない」ガリーナがいった。

「となると、おたがいに監視している」フラナリーは指摘した。

「そうよ。だから、川のそばで会おうといったの」ガリーナがいった。「あなたのオフィスから歩いてすぐだけど、わたしはかなりの距離を走る。監視の人間が追いつくまで十分かかる」

フラナリーは、北のほうをわざと見ないようにした。見れば自信がないことを露呈し、危険にさらされるおそれがある。「応援はいないのか？」

「きょうはいない。彼は自分の伝手（つて）に取り組んでいる」

フラナリーは、昔からなじんでいる感覚を味わっていた。かつて知っていたガリーナの抜け目なさや注意深さはいまも変わりがないが、そういった特質がいっそう磨き込まれて鋭くなっている。不快な感じではないが、フラナリーは警戒を強めた。

「それで、きみの狙（ねら）いはなんだ、ガリーナ？　わたしは正午からシンポジウムに出席しなければならない」

「ランチ？」

「平和のためのシンポジウムだ」

「たいがいのひとは、ただで食事ができるから行くのよ」ガリーナがいった。「ねえ、ダグラス、キエフ時代、あなたがボルシチと雑談のどっちが嫌いなのか、わたしには見当もつかなかった」

「どっちも嫌いだ。こういうふうに肝心な話をせず、だらだらとしゃべるのも気に入らない」フラナリーはいった。「きみとわたしはなごやかに別れたわけではなかったが、きみが率直なのはいつもありがたいと思っていた」

「わかったわ」ガリーナが答え、スマートフォンを膝(ひざ)に置いて、水をごくごく飲んでから、話をつづけた。「わたしがあなたに電話したのは、ダグラス、ロシア連邦陸軍(スホプトヌイエ・ヴォイスカ・ラシースコイ・フエデラーチィ)内部の情報源が必要だからなの。六個機甲大隊が新編成の侵攻部隊の先鋒(せんぽう)をつとめる準備を行なっているという噂が出ているさなかに、クレムリンにいたわたしたちの潜入工作員が行方不明になった。有事の場合、先制攻撃をかけるために、ウクライナ軍(ZSU)がその戦車部隊と展開についての情報を求めている」

フラナリーは、不意にガリーナのほうを向いた。「きみたちはロシア領内でロシア軍の兵員と戦車を攻撃するつもりなのか？」

「わたしたちの国の奥に彼らを踏み込ませたくない」ガリーナは答えた。

「どうやって——どこでこれに備えてきたんだ？」フラナリーはきいた。フラナリーの知る限りでは、国防総省はウクライナ側の準備にまったく気づいていない。

「ほんとうに知りたいの？」ガリーナがきいた。

「知らなかったら、きみの話を信じられない」フラナリーは答えた。

「わかった。かなり巧妙なやりかたなのよ」ガリーナがいった。「わたしたちは秘密施設でヴァーチャル・リアリティ・シミュレーション(VRS)を使っている。この訓練センターの存在は、ごく少数の人間しか知らない」

「仮想現実（ヴァーチャル・リアリティ）シミュレーション？」フラナリーは、驚きをあらわにした。

「次世代の新兵訓練所になるでしょうね」ガリーナがいった。「あなたは驚くでしょうね。椅子（いす）に座ったままで心的外傷後ストレス症候群（PTSD）に襲われる新手の補充兵もいるのよ。そういう人間は交替させるしかない」

「新手の補充兵」フラナリーはいった。「正規軍か、それとも軍補助工作部門？」

ガリーナはかたくなに沈黙を守った。

「それで、その施設は」フラナリーはいった。「せめて場所だけでも教えてもらえないか？」

「ごめんなさい。教えられないの」ガリーナが答えた。

「正気の沙汰（さた）じゃないぞ」フラナリーはいった。「なにもかもが。大規模な報復を招くことを、きみたちはわかっているはずだ」

「わかっているのは、ウクライナ軍（ZSU）がロシア軍と戦ったら、プーチンが消耗戦で勝利を収めるだろうということ」ガリーナがいった。「それに——わたしたちはほかにも予防措置を講じている。お願い。なにかしら手を打つ前に、情報が必要なの」

「だったらわたしを当てにしないでくれ。自殺行為の後押しはしたくない」

ガリーナは、考え込むようすで川を見つめた。「ダグラス、あなたが手を貸してくれないようなら、そういう侵攻の準備がなされているという前提で、わたしたちは開始せざるをえない」ガリーナはそっけなくいった。「あなたが関与すれば、無用の流血を避けられる」

「あるいは、きみたちの怖れていることが裏付けられ、事変を引き起こすおそれがある」フラナリーはいった。

「その場合、わたしたちに手を貸してくれれば、それがすみやかに終わり、多くの命が救われるかもしれない」

仮に腹が空いていたとしても、フラナリーは食欲を失っていた。戦闘の光景が、脳裏にみなぎった。暗視ゴーグルを通して見る粗いグリーンの映像、歯切れのいい銃声と銃口炎のひらめき、甲高い叫び――大声の命令や負傷者の悲鳴。東欧は昔から民族や宗教による紛争が絶えず、二度の世界大戦中もソ連の衛星国だったころも静謐ではなかった。だが、〈ヨーク〉は東欧各国の政府や救援組織の要人と協力して、せめて平和の種を蒔こうと努力していた。

「考えさせてくれ」フラナリーはいった。「同僚にどこまでなら話してもかまわないかな？」

ガリーナが、スマートフォンで時間を見て、立ちあがった。「必要だとあなたが思うことを話して。でも、時間が逼迫しているのよ」

「きみの仲間は、いつ動きはじめることになっているんだ?」

ガリーナが、フラナリーをしばし見おろした。「今月中よ。それしかいえない」持っていたスマートフォンをふって見せた。「ロシアにハッキングされていないプリペイド式の電話を持っているの。これに電話して。番号を教えるわ」

フラナリーは、曖昧にうなずいた。

ガリーナがフラナリーの携帯電話に番号を送信し、フラナリーを決意がにじむ目つきでしばらく見つめてから、国連がある北へランニングでひきかえした。

気をつけろ、とフラナリーは心のなかでつぶやいた。ガリーナが気づいていないだれかが近くにいるかもしれないので、声には出さなかった。

タグボートの警笛で我に返ったフラナリーが立ちあがると、急に脚ががくがくした。フラナリーは、潮気を含んだ港の空気を嗅ぎながら、しばらくじっと立っていた。いま聞いたようなことについて責任を負いたくなかったが、それがフラナリーの責務だった。アメリカの東欧政策を強化するために情報を編集して提出するのは精神的につらい仕事で、だから国務省を辞めたのだ。しかし、この一件は……。

フラナリーはもはや、ベラルーシ、リトアニア、ラトヴィアに現存する危機についてのシンポジウムに出席する心境ではなかったが、それを終えてからでないと、この問題を同僚と話し合うことはできない。

それに、六十歳を過ぎた人間でも新しい手法を学べるという事実を強調するかのように、当たり障りのない話をすることが、にわかにすこぶる楽しそうに思えてきた。

細面(ほそおも)がひきつっていつもの渋い顔になり、注意を怠らない目が、昼前の花粉の飛散のせいで疲れ、ちくちくしていた。アンドレイ・チェルカーソフは、故郷に帰りたかった。

チェルカーソフは、一九八六年にモスクワを離れた。一介の若者にとってあまりいい選択肢ではなかった。チェルカーソフは、アフガニスタンにも出征した誉れ高い元特殊任務部隊(スペツナズ)大尉だったが、よりによって難聴のせいで除隊するはめになった。そのあとで身長一九〇センチの若者のチェルカーソフが得た仕事は、モスクワの宇宙飛行士記念博物館の警備員だった。ロシア語を話さない来館者がほとんどだったので、耳が悪くても支障はなかった。カプセル型宇宙船や人工衛星にだれかが触れないように目を光らせていればいいだけだった。

警備員の仕事は、一年しかつづかなかった。元上官のひとり、ビールマン陸軍大佐が、団体を引き連れて館内を見てまわったときに、チェルカーソフに気づき、ロシア連邦軍参謀本部情報総局（GRU）で新たな役職を得た自分のところへ来るよう誘った。十八カ月後、南アフリカでの慣らし期間を終えたチェルカーソフは、ロンドンに派遣され、つづいてニューヨークに配置された。同僚のゲオルギー・グラスコフにねたまれたことを思い出して、チェルカーソフはにやりと笑った。グラスコフは、その後、一九九〇年にモンゴル民主化運動をもたらすことになる活動家たちを見張るために、モンゴル人民共和国に派遣された。モンゴルはロシア南部と国境を接しているので、彼らの活動は潜在的な脅威と見なされていた。

「きみはきわめて危険な立場に陥って殺されるかもしれない」グラスコフはそのときにいった。「しかし、アンドレイ、退屈のために死ぬことはなさそうだ」

チェルカーソフの仕事は、監視とときおりの暗殺（ザヴェルシエーニエ）で、受け持ち区域はアメリカ東海岸だった。アフガニスタンに戻ったような感じだったが、周囲の環境はずっと文明的だった。スペツナズや宇宙飛行士記念博物館での仕事よりも、暗殺のほうがずっと好きだというのが、チェルカーソフの本音だった。働く時間がずっと短いし、窮屈な制服や軍服を着る必要もない。

だが、ニューヨークに来てから二十五年以上過ぎたいま、チェルカーソフはこの街に嫌気が差していた。モスクワのほうがずっとましだし、六十五歳以上が入居できるアパートメントもある。ビールマンはもういないが、後任者が帰国させると約束していた……それに、大々的なパーティもひらく、と。まだレニングラードと呼ばれていたサンクトペテルブルクで六歳だったときからずっと、チェルカーソフは誕生日パーティなどやってもらったことがなかった。

ターゲットが通ると思われるルートを確認する電話がオルガからかかってきたあと、チェルカーソフは〈ウーバー〉を使い、サウス・ストリートがブルックリン橋のすぐ南でフランクリン・デラノ・ルーズヴェルト・ドライヴの下を潜っているところへ行った。高架下なので暗いし、上のFDRドライヴの支柱が格好の隠れ場所になる。到着するとすぐに、オルガが息を切らして獲物――かなり引き締まった体つきだが、若くはない女――のうしろを走っているのが見えた。やがて、オルガが反対方向へ走りはじめた。オルガの目つきから、ターゲットが会合を終えて戻るところだということがわかった。もちろん、走っている女はオルガを見るにちがいない。姿を見られるのがオルガの役目だった。だが、女はチェルカーソフには気づかないはずだ。

暗殺者のチェルカーソフは、ジーンズにニューヨーク・メッツのTシャツという格好だった。どちらも洗いたてだった。姿は見えないし、音も聞かれないはずだが、臭(にお)いで気づかれるのも避けたかった。高架下にはホームレスが何人も住んでいる。ここを通るランナーはにおいに敏感になる。悪臭で危険を察知できるからだ。

チェルカーソフがビークマン・ストリートの向かいのここを選んだのは、西側の道路が車の往来がまばらだし、駐車している車が東からの視界をさえぎっているからだった。頭上の道路を通る車の音が不規則に鳴り響いていて、足音は聞こえないが、女の影は見える。太陽が港の上に昇り、チェルカーソフの正面に女が前方に落としている影があった。チェルカーソフはその影が近づくのを見て、道路工事中の地面を踏む足音を聞き、女の前に舞いあがった土埃(つちぼこり)を見た。ポケットに手を入れ、財布を出し、気に入っている武器を指二本で抜いた――警戒を呼び覚ましたり、目を惹(ひ)いたりするおそれがないものだった。運輸保安局(TSA)のセキュリティチェックも通過できるし、所持することで法律違反に問われるおそれもない。チェルカーソフは、それを左手の親指と人差し指でつまんだ。

すこし錆(さ)びている大きな支柱の横を女が通過したとき、チェルカーソフの右腕が女のほうへさっと突き出された。胸骨の前をのびた腕が喉に巻き付き、女をうしろ向きに引き寄せた。女はだれもがやることをやった。両手を上にあげて、筋肉よりも贅肉(ぜいにく)

が多いが首をきつく締め付けている太い二の腕を、ひっぱってはずそうとした。高架下の暗がりで、クレジットカードが女の喉もとでひらめき、女を拘束しているチェルカーソフの腕に沿って、ぐいぐいと進んでいった。腕は女の喉笛と頸動脈（けいどうみゃく）を切り裂くための定規の役割を果たしていた。血が噴き出すと、血が道路にしたたるように、チェルカーソフは女の体を前傾させた。喉からゴボゴボという音を発して女があえいだが、それはほんの短いあいだだった。喉に血が充満し、女は窒息した――意識を失ったので、ずっとやりやすくなった。女の両手が動かなくなった。数秒間で、失神していた。血が流れつづけて道路に溜（た）まり、そのまま路面に倒れさせたときには女は死んでいた。

　わりあいきれいな殺人だった。ジーンズとシャツについた染みは、ごくわずかだった。ジーンズのデニム地には茶色い染みができただけで、ほとんど目立たなかった。Tシャツはブルーだったので、シティ・フィールドに観戦にいったことがある人間なら、ケチャップをこぼしたのだと思うにちがいない。

　チェルカーソフは腰をかがめ、クレジットカードを女のジョギングスーツで拭（ぬぐ）うと――そこでは血は鮮やかな赤だった――ポケットにしまった。女のスマートフォンを取って、女の指をボタンに押しつけた。ロックが解除された。チェルカーソフは、高

20

架下のもっと奥へはいり、陽光に照らされ、交通カメラがいたるところにある道路に出る前に、数ブロック南へ進んだ。

2

ヴァージニア州スプリングフィールド
フォート・ベルヴォア・ノース
オプ・センター本部
六月二日、午前十二時三十分

チェイス・ウィリアムズは、いつもより六時間遅く、長官室に到着した。それまでも働いていたのだ――ホワイトハウスで大統領や国土安全保障局の高官と、半定期的な会議を行なっていた――そのために、夜明け直後から首都中心部へ行っていた。

ワシントンDCでは、めったにない魅惑的で静謐な時間だった。

ウィリアムズは齢(とし)をとるにつれて、晩春の朝が楽しみになってきた。花の香り、無数の鳥のさえずり、春らしい生き生きとした蘇生の感覚が、とくに夜明け直後にはまざまざと味わうことができ——思わず笑みが浮かぶ。生きていることを実感できる物事は数多くあるが、そういったことは人生に欠かせない要素だった。

キャデラック・エスカレードを、ヴァージニア州スプリングフィールドのフォート・ベルヴォア・ノースにある国家地理空間情報局のなにも表示のない駐車スペースに入れたときに、五十九歳のウィリアムズは、もうひとつのことをみずから認めて、笑みを浮かべた。そのせいで暗い気持ちにはならない。むしろ逆だった。残された春がすくなくなったなら、それだけ大切に味わえばいい。

難題も多い。身長一八三センチのウィリアムズは、ゆっくり車をおりながら思った。しかもかつての難題とおなじくらい深刻だ。一九一〇年代には第一次世界大戦、二〇年代には組織犯罪の蔓延、三〇年代には世界中で出口が見えなかった大恐慌。第二次世界大戦でその熱病は中断したが、共産主義の恐怖という新たな病が起きた。五〇年代には核戦争の重苦しい影が世界を覆い、六〇年代は公民権運動の騒擾が起きた。麻薬使用はつねに有害物質の雲のようにはびこり、まるで悪魔本人のような底知れないしつこさで都市から都市へ、集団から集団へとひろがった。

だが、実戦部隊である太平洋軍や中央軍の司令官を歴任した退役海軍大将のウィリアムズは、三十五年間の現役経験で見聞きしてきたことから、正義は勝つし、善良な体制はうまく機能すると信じていた。齢を重ねるにつれて、その信念で安心感を抱くことが多くなった。アメリカ政府機関としてはもっとも無駄な部分がなく、即動できる有能な組織のオプ・センターを指揮しているウィリアムズは、アメリカのもっとも偉大な伝統に従ってアメリカの価値観を護ることができる立場にある。それにより、多くのひとびとが感じているどうにもならない恐怖を免れることができる反面、重荷を背負っていることにもなる。些細(ささい)な過ちを犯しただけでも、人命が失われる。

ウィリアムズは、リアシートに身を乗り出して、バックパックをつかんだ。なかにはノートパソコンとランチがはいっている。いますぐ必要なのは、ランチのほうだった。ミドキフ大統領がオーヴァル・オフィスのとなりの会議室でかなりおいしいコーヒーを出したが、クロワッサンは大統領の甘ったるい弁舌とおなじようにべとべとしていた。ウィリアムズはそれに手を出さず、あとでオーガニックなピーナツバターを塗ったリンゴを食べることにした。

歴史とガソリンとアスファルトのにおいは、すぐに薔薇(ばら)の花の残り香に取って代わられた。ウィリアムズは、ＳＵＶや高軌道多目的装輪車(ハンヴィー)が何台もとまっている駐車場を、軽やかに歩いていった。濃紺のスーツは体にぴったり合う仕立ての地味なデザインで、かつて着慣れていた軍服にかなり近い感じだった。きちんとたたんでジャケットの胸ポケットに差し込んである白いハンカチだけが、民間人の服装への妥協だった。ウィリアムズは、この基地の人間の多くがその存在すら知らない施設に向けて歩いていった。復活したオプ・センターがＮＧＡの地階に設置されたときに、駐車場は拡張された。駐車場には、ＮＧＡ幹部スタッフ専用のスペースがある。しかし、ウィリアムズは、オプ・センター職員の名前をスペースにステンシルで書くべきではないと強く主張した。ビル正面の案内板にも、オプ・センターの正式名称は記されていない。ウィリアムズは同世代の将官のなかで最大の実績があり、つぎの統合参謀本部議長に指名されるだろうというのが、おおかたの見かただったが、任命されなかった。国防長官、国家安全保障問題担当大統領補佐官、国家情報長官など、ほかにもウィリアムズに適したポストがあったのだが、政治的立場の弱い大統領は、政治任命でそれらのポストを埋めなければならなかった。ウィリアムズは国防産業やシンクタンクや大学にも強く勧誘された――いずれも高給の名誉ある地位だった――が、オプ・センター長官を引き受けたのは、なにはさておいても愛国者であるからだった。

だが、その際にウィリアムズは数々の要求を行なった。そのうちのひとつは、自分と入念に選んだチームの自律性、つまり行動と意思の自由を保障されることだった。

大統領が了承し、それ以来、オプ・センターは自律の基本方針を貫いている。オプ・センターが行動を開始するのは、通常のアメリカの安全保障手段――軍、情報機関、法執行機関、国家安全保障機構の数々の組織――が迅速に対応できなかったり、法律に縛られていたり、厳格な法的手続きの範囲内で機能するよう監視されていたりする場合に限られている。また、ミドキフ大統領が合意して下達された事柄でも、議会が予算を割りふるのを拒否して葬り去られることがある。だが、NSAの予算の〇・五パーセント以下の予算であれば、大統領は信頼する男とその先見の明に賭けることができる。

その際にもっとも重要なのが、自律性だった。他の政府省庁やキャリアの官僚だけではなく、情報を得るために競争している機関の干渉もはねつけなければならない。予算のことで理不尽な扱いを受けるのも避けたい。そしてもちろん、マスコミにも知られないようにする。ウィリアムズが情報部長のロジャー・マコードとの最初の面接で告げたように、「工作員がぶらりとバーに立ち寄って、名前と所属組織をいっても夜まで生き延びられるのは、映画のなかだけだ。わたしの世界ではありえない」のだ。

ウィリアムズの世界では、アメリカのパスポートを持っていることをだれかに知られただけでも、死刑判決を受けたのとおなじことになりかねない。オプ・センターがフォート・ベルヴォアに置かれているのを秘密にして、NGAの地階に設置されているのは、そういう理由による。年間予算を増やして自分の権力基盤をひろげるために、国土安全保障省長官はオプ・センターの専用ビルを建設しようとしたが、ウィリアムズはそれを拒んだ。

ウィリアムズは、海軍にいたときには権力基盤のことなど意に介していなかったし、いまもそれはおなじだった。重要なのは任務と、それを支えるひとびとだけだった。

ウィリアムズは両開きのガラス戸を通り、カウンターの警衛にNGAのIDバッジを見せた。名前と顔だけで役職も所属もわからない男の笑みに、若い女性の警衛はいつものようにとまどったような笑みで応じた。ウィリアムズはそのままエレベーターホールのいちばん左のエレベーターへ行った。となりのエレベーターからおりてきたNGA職員が、ウィリアムズの姿を見て緊張気味に会釈をした。ウィリアムズは会釈を返し、スマートフォンのアプリを立ちあげた――それによって、自分がおりていくことを幹部に伝えたのだ。ウィリアムズが右にあるスキャナーにスマートフォンをかざすと、エレベーターのドアがあいた。暗証番号は暗号化されていて、毎日変わり、政府支給の秘密保全措置がほどこされたウィリアムズのスマートフォンだけに送られる。すぐに音もなく三層下へおりていって、狭い控えの間に出た。片開きドアの脇(わき)の網膜スキャナーで照合されると、オプ・センターの主要施設である地下のオフィス群にはいることができた。

ドアのすぐ内側で、アン・サリヴァン副長官がウィリアムズを待っていた。五十七歳のアンは、襟に黒い縁取りがある赤いブレザーに赤いスラックスといういでたちだった。だれにも見せない写真を収めたロケットを身に着けていて、それが職員たちの噂話のネタになっていた。アンの性的指向はわかっていないが、〝女性の恋人〟だろうというのが、現在ではおおかたの見かたになっている。アンは結婚したことがないが、そのことは、女性が家庭生活と仕事人生を両立できるとは限らなかった時代に成人した女性を判断する材料にはならない。

アンは、タブレットを片手で胸に抱え、反対の手にスマホを持っていた。「会議はどうでしたか、チェイス？」アイルランドなまりで、かなり皮肉をこめて、アンがきいた。

「儀礼的なものだった」ならんで環状の半個室群（キュービクル）をまわり、長官室と副長官室へ向かいながら、ウィリアムズは答えた。「わたしを締め付けているのがぴっちりしたスーツだけではないということを、彼らは確認したいんだ。それはそうと、名指しできみのことをきかれたのははじめてだった」

アンがにやにや笑った。「わたしが査定されるのは四カ月後の予定ですよ。なにかの候補に挙げられるのかしら？」

「わたしがきっぱり断ったから、そうはならない」ウィリアムズは笑った。「きみを手放すはずがないだろう？」

　質問ではなく、はっきりした意見だった。アン・サリヴァンは、もとは共通役務庁(GSA)の元官僚で、精勤、組織運営の技倆(ぎりよう)、強力な威嚇(いかく)を巧みに配分して政府中枢を泳いできた、ワシントンDCの内部情報通(インサイダー)だった。アンは、ペンシルヴァニア・アヴェニュー1600番地（ホワイトハウス）からキャピトルヒル（議事堂）に至る道筋や国防総省(ペンタゴン)のどこかに骸骨(がいこつ)——知られたくない秘密——を隠しているあらゆる人間と知り合いだった。オプ・センターの敵は国防総省に多いので、アンがそこで顔がきくことは、とくにありがたかった。大統領とじかに話ができ、極秘の情報にアクセスできる頭脳明晰(めいせき)な高官になにができるかを、国防総省上層部の人間はじゅうぶんに知っている。彼らは被害妄想にとらわれて、自分たちが怖れている人物の特質を考えようとはしない——味方を得たのだとは思わず、その人物が力を持っているので潜在的な敵だと見なしている。

　ウィリアムズとアンは、長官室に着いた。ウィリアムズは、壁の額縁入りカラー写真に向けて、正式ではないが習慣になっている敬礼をした。一九四五年にマニラで、ダグラス・マッカーサー将軍がコーンパイプをくわえている写真だった。万年筆できれいなサインがある——ウィリアムズがもらったサインではないが、偉大な軍人の手がその写真に触れたというだけでじゅうぶんだった。

「なにか、わたしが失念していることがあるのかな？」ウィリアムズはきいた。

「ブライアンとのランチ」アンが告げた。

「いや、いや」首をふって、ウィリアムズが答えた。「ホワイトハウス西館からメールを送った。届いていないのか？」

「オーヴァル・オフィスから送ったのなら、届かないわ」

ウィリアムズは、びっくりした表情でアンを見た。

「新しいクローズド・ウィスパー守秘システムが導入されたのよ」アンがいった。

「暗号付きでないと、なにも送れない。注意報（アラート）を送ったのに」

「いつ？」

「二カ月くらい前」

「その最新情報は見ていない」ウィリアムズは、デスクの奥で座りながらいった。

「アラートが多すぎる」

「危機（クライシス）が多すぎるのよ」アンが応じた。「あなたがホワイトハウスにいたことはブライアンに伝えるけれど、彼はまだ〈テクスターズ・バーベキュー〉にいるわ。旧い友だちと会っているのよ」

　アンの口ぶりを聞いて、ウィリアムズは鋭い視線を投げた。「カロライナか？」

　アンが訳知り顔でうなずいた。

「ブライアンには飲み仲間か危機のどちらかが必要だな」

　ブライアン・ドーソンは、四十歳で、オプ・センターの作戦部長だった。なにをやるか読めない問題児のようなところがあり、そこがウィリアムズは気に入っていた。元陸軍士官にしては規律正しくないが、直観的な正しい判断に基づく思い切った行動がそれを補ってあまりある。かなり魅力的な男でもあり、適齢期の女と男の比率が三対一のワシントンＤＣでは、それが大いに役に立っている。

「ニューヨーク市警（ＮＹＰＤ）から、興味をそそられる情報がひとつはいっているの」アンが、タブレットを見ながら、ブリーフィングを開始した。「殺された女性の身許が、ガリーナ・ペトレンコだと判明しました。国連ウクライナ代表部に勤務している工作員よ。喉を切り裂かれ、携帯電話を奪われていた」

「工作の専門は？」

「わかっていない」アンが答えた。「でも、キエフのアメリカ大使館に勤務していたことがあり、二〇一一年からロシア対外情報庁（SVR）の要注意人物リストに載っていた。スパイ容疑で当時、解雇されているわ」

「訴追されたのか？」

　アンは首をふった。

「大使と肉体関係があった？」

「不明よ」アンがいった。

「だれのためにスパイしていたんだ？」

「記録によれば、ウクライナ政府のためだった」アンがいった。「ロシアについての情報を、ウクライナは集めている。国連の代表部がそういう活動を行なっているのは、よく知られているわ」

「記録にない情報は？　いくらスパイでも、代表部の職員を突然殺しはじめるのは奇妙じゃないか」

「なにもわかっていない」アンが答えた。「でも、そのとおりよ。ちょっと考えられない事件だわ。真昼間、ランニング中を殺すというのは――なにかの意図を示している」

ウィリアムズは、ゆっくり首をふった。敵と戦うのは過酷だが、味方が信用できないのはもっと厳しい。「当時のアメリカ大使の名前は？」

「ダグラス・フラナリーよ」

「聞いたことがある」

「いまはマンハッタンに本拠があるヨーク・グループに属している」アンがいった。

「たしか――」

「人間情報最新情報にあった」ウィリアムズはいった。「きみが送ってきたのを読むよ」

「ヨークの事務局は、その女性の殺害現場から八〇〇メートルしか離れていない」アンがつづけた。「手がかりとしては薄弱だけど、NYPD対テロ・タスク・フォースが、そこまでの経路の交通カメラ画像を確認している」

「ポールに調べさせよう。なにかわかるかもしれない」ウィリアムズはいった。

「クアンティコからはじめて、いつものチャンネルを使うの？　それとも――」

「彼に任せよう」ウィリアムズは決定した。好んで部下に権限を移譲するのは、楽をしたいからではなく、マイクロマネジメントしたくないからだった。幹部を選ぶ基準は、第一が能力、第二が独立した実行力、第三がチームプレイの精神だった。元軍人のウィリアムズは、基本的な技倆が揃っていれば、どんな人間でも組織にうまく嚙み合うように仕向けられる。

　アンがうなずいて賛成し、新任の国際危機管理官のポール・バンコールにメールを送った。バンコールは、前任者ヘクター・ロドリゲスが、モースルのＩＳＩＬ本拠強襲の際に死亡したために雇われた。アトランタで貧困のうちに育てられたバンコールは、元海軍ＳＥＡＬ先任上等兵曹で、かつてウィリアムズのもとで勤務したことがあった。若手下士官のバンコールは、自信に満ちているとともにチームプレイヤーでもあり、それが採用の決め手になった。銃撃戦で負傷し、一年かけて回復するあいだに、コンピューターの専門家になった。技術的なことに生まれついて天才的な才能があったバンコールは、サンディエゴ大学で予備役将校訓練課程の仕事をしたあとで、ウィリアムズのレーダーに探知された。ロドリゲスに代わる人材は彼しかいないと、ウィリアムズは判断した。

「マコードはどこにいる？」ウィリアムズは、バックパックのジッパーをあけながらきいた。

「週に一度のランチで、アレン・キムのところへ行っているわ」

「ああ、そうだった」キムは、ＦＢＩからオプ・センターに割り当てられた国内部隊をクアンティコで指揮している。ふつうなら、ガリーナ・ペトレンコ殺害の調査は、キムのチームが行なう。ウィリアムズはまずクアンティコに命じていたはずだ。しかし、新任のＩＣＯがどういう手順を案出するか、見届けたいと思った。「食事はすませたかな？」

「きょうはお食事抜きなの」アンがいった。「勤務後に年に一度の健康診断があるの」

ウィリアムズは、眉間（みけん）に皺（しわ）を寄せた。「すまない。ランチの話ばかりになってしまったね」

「平気よ」アンがいった。「ブリーフィングの残りは、ファイルにある――ことに重要なものはないけれど、けさの状況の変化からして、クリミアからの報告については考慮したほうがいいかもしれない。わたしは西海岸のファイルを検討して、アジアでなにが起きているかをたしかめるわ」

ウィリアムズは礼をいって、アンが出ていってドアを閉めるのを待ち、リンゴ二個をデスクに置いて、小型冷蔵庫のほうへ行って、瓶入りのピーナツバターを出した。腰をおろし、さっそくＣＩＡクリミア総合報告を読みながら食べた。ロシア軍とウクライナ軍の兵力、展開、通信についての包括的な報告で、人間情報（HUMINT）、電子情報（ELINT）、衛星監視により、毎朝更新されている。

新情報は、すべてロシアに対抗する勢力に関するものだった。NATOは先に、三年の任期の終わりが近づいている欧州連合軍最高司令官（SACEUR）が発表したとおり、戦力整備を開始していた。

大隊規模の部隊四個、合計四千人が派遣されているのを見て、従来どおりの動きだと、ウィリアムズは思った。ルーマニアとポーランドの既存の拠点を増強するというのは、仮にロシアが先に動いてもNATOが防衛の責任をしっかり果たしていることを示すための配置だった。この場合、〝仮に〟が重要になる。この部隊展開に付された命令は、国防総省が現在〝反抗態勢〟と呼んでいるものだ。この言葉は〝平和維持軍〟の強引ないい換えだった。

当然ながら、ロシアはみずからの〝平和維持軍〟と武器装備用の新施設を国境付近に開設している。

さらに大きな懸念（けねん）は、ポーランド国防大臣が、エストニア、リトアニア、ラトヴィアにすでに駐留している四千人に加えて、民兵二千人を増員するのを承認したことだった。この部隊は、三十日の軍事訓練を受けた民兵から成っている。この兵員数も問題が多いが、地理的な要素も一見馬鹿（ばか）げていた。NATO軍とポーランド民兵のあらたな配置は、ロシアという熊（くま）の鼻先をつまむような位置関係になっている。モスクワの最近の反応を考え合わせると、最悪の状況だといえる。ロシアは既存の兵力三万人と新基地に加えて、三個自動車化歩兵旅団の合計三万人と、イヴァノヴォ駐屯の空挺師団二万人を動員していた。後者は、その地域に以前から配備されていた核弾頭搭載可能のイスカンデルＭ短距離弾道ミサイルを運用している部隊を支援するために、温存されていたとおぼしかった。さいわい、ミサイルをそれらの新しい施設に移動している兆候は見られなかった。

「つまり、昔の日々がよみがえることはありえないだろう」ウィリアムズは、リンゴのスライスをかじりながらひとりごとをいった。とはいえ、昔を懐かしんでいるわけではなかった。ＮＡＴＯのＦ‐16戦闘機がロシアのＳｕ‐35戦闘機と互角に戦えたとしても、かつての塹壕戦のような戦いは広い範囲に破壊をもたらす。戦闘機の性能そのものは互角でも、ウィリアムズはパイロットに関しては確信が持てなかった。ＮＡＴＯ側が制空権を握ればロシアは敗走するだろうが、状況が悪化すれば戦域は何十年も荒廃したままになる。しかも、アメリカは戦争に引きずり込まれて、ＮＡＴＯにふりむけている六百人をはるかに超える数の将兵に責任を負うことになる。物理的コストに加えて、双方ともに担い切れないほどの財政コストを抱え込む。

「となると、特殊作戦だな」ウィリアムズはつぶやいた。「精密攻撃だ」

重装備を取り除くか、故障させれば、兵員や資材を移動できなくなる。そういう攻撃になるはずだった。

ウィリアムズがファイルを閉じて、二個目のリンゴを食べようとしたときに、電話が鳴った。情報部長のネットワーク・アシスタントのアーロン・ブレイクからだった。

「どうぞ」ウィリアムズはいった。

「長官、見ていただいたほうがよさそうなものを見つけました」三十二歳のブレイクがいった。「ゲームです。まあ、ちがうかもしれません。ヴァーチャル・リアリティ・プログラムです。それもぜんぶじゃなくて、断片なんですが」

「〝タンク〟で見つけたんだな?」ウィリアムズがいうのは、テクノロジーの天才たちが働いている〝おたく帷幕会議室(ギーク・タンク)〟のことだ。

「そうです」

「すぐにそっちへ行く」ウィリアムズは、口を拭いながら、大股(おおまた)でドアに向かった。

3

ニューヨーク州ニューヨーク
六月二日、午前十二時四十分

ウラジーミル・エイゼンシュテインは、溶けたアイスクリームが皿の脇から垂れている、まだ手を付けていないチェリー・アラモードを片手に持ち、反対の手のスマートフォンをダグラス・フラナリーのほうに突き付けた。

「大使閣下、ロシアのクリミア領有権主張は、イスラム教徒がメッカ、イタリアがローマを領有しているのとおなじように正当でしょう」

「実在の預言者ムハンマドと、ローマの建国神話に登場するロームルスとレムスを、同列に扱うのかね」フラナリーは問いかけた。

「どちらも先祖(ルーツ)にはちがいないでしょう?」

フラナリーはちょっと間を置いて、ブッフェから取ってきたメロンをフォークで突き刺した。エイゼンシュテインがくどくどと話をすることは、予測がついていた。プーチン時代に成人した三十代のジャーナリストたちは、ナショナリズムを母乳のように吸って育ってきた。それなしでは生きていけない。エイゼンシュテイン自身も〝ロシアをソ連に復興させろ〟という標語をこしらえて、ソーシャルメディアでさかんに唱えている。

「エイゼンシュテイン君、わたしはキエフにいたときに、〝傑出した先祖〟という理論を何度も聞いたよ」フラナリーはいった。「それについて議論した――」

「わたしの最初の円卓会議、力強くはあったが欠陥のある基本方針表明のときにね」エイゼンシュテインが、フラナリーの言葉をさえぎっていった。「クリミアはあなたがたのテキサス州とはちがう。アラモの砦の英雄たちに対する地元民の尊敬は、歴史的に正しい主張ではなく、歴史を捻じ曲げた感情的な視点から発している。サンアントニオは、わたしの命名の由来であるキエフ大公ウラジーミル一世の古都ケルソネソス（現在のセヴァストーポリ付近にあった古代ギリシャの植民市。九世紀後半はキエフ大公国に属していた）とおなじではない。ちなみに、キエフ大公は紀元九八八年に、キリスト教を国教とした」

「それには議論の余地がある」フラナリーは、外交官らしい辛抱強さで応じた。「きみは都合のいいように情報を要約し、わたしの国の政府の基本的命題を無視している。そういう論法は危険だ。感情的な主張の衝突を引き起こすおそれがある。激しい感情は事実や正しい視点をゆがめ、全世界を存続させるのに不可欠な歩み寄りを踏みにじる」

「快い響きの空論ですね」エイゼンシュテインがいった。「たしか、オクラホマ出身でしたね？」

「そのとおり」

「サンタ・アナ大統領がサンジャシントの戦いでヒューストン司令官の軍を破っていたら、あなたはどう思ったでしょうね？　テキサスを取り戻したいと思ったのではないですか？」

フラナリーは、薄笑いを浮かべた。「これはオンレコなんだろう？」

「いつだってそうですよ」エイゼンシュテインは、元大使のほうにスマホを掲げてみせた。

「オクラホマのうちの農場で、わたしは大型刈取機がトウモロコシを薙ぎ倒していくのを見ていたものだ」フラナリーは答えた。「物心がつくようになると、父が沖縄の話をしてくれた。父は第6海兵師団にいたんだ。上陸作戦がどういうものかという話を聞いてからは、刈取機を見る目が変わった。そんなふうに人間を薙ぎ倒すのは、最後の手段でなければならない。自由を得たいと願うのはいい。だが、先祖の地を手に入れたいと思うのは、それとはまったくべつのことだ——要するに、根拠として薄弱なんだよ、エイゼンシュテイン君」

別れ際のガリーナの顔が、フラナリーの脳裏をひらめいた——ガリーナは厳しい面持ちで決然と口を引き結んでいたが、弱気な目つきが表情を和らげていた。そのときは悲しみかと思ったが、いまにして思えば恐怖かもしれない。必要な情報を教えてほしいと懇願していたようでもあったが……あるいは、戦争という名の機械をとめられなくなる前に、奇跡的な外交手段で状況が改善されることを願っていたのかもしれない。

「失礼ですが、閣下、その快い響きのお言葉は、さきほどの快い響きの空論とおなじで、現実を踏まえていません」エイゼンシュテインがいった。右や左に目を向けて、シンポジウム出席者が数人ずつ固まっているところを見た。「でも、わたしといっしょにいるおかげで、泣き言ばかりいう連中の相手をしないですむわけですよ。時間をいただいて、ありがとうございました」

「貴重な意見をありがとう」フラナリーはいった。「きみの意見を聞くのは楽しい」

「それがあなたの仕事でしょう」エイゼンシュテインが、率直にいった。

笑みを浮かべながら、エイゼンシュテインが向きを変え、チェリー・アラモードを窓枠に置いて離れていった。共産主義国の社会に教化され、ジャーナリストという職業についていているだけで、たいした実績もないのに、うぬぼれが強い男だと、フラナリーは思った。正当な理論ではなくても、彼の言葉はそういったことのおかげで多少の重みがある。

共産主義者というやつは、フラナリーは思った。あのチェリー・アラモードは、本来だれのものなのだろうと、ふと考えた。エイゼンシュテインか、ヨーク・グループか、それとも皿を焼いた陶工か？　そういう理屈をこねるエイゼンシュテインのような男が多すぎる。思想は、大衆に無理やり納得させるのではなく、実地に試すことではじめて正当性を認められるものなのに。

キューバ共産党中央委員会機関紙《グランマ》のレポーターが、フラナリーのほうを向いた。共産主義者と話をする気分ではなかったので、ビッグ・ベンの鐘の着信音が鳴ったとき、フラナリーはほっとした。ガリーナからの電話だった。近づいてくるレポーターに一本指を立てて立ちどまらせ、窓枠に近づいた。大戦後に兵員輸送艦が入港したとき、復員した父親が〝煉瓦のロッキー山脈(ブリック・ロッキーズ)〟と呼んだロウアー・マンハッタンの摩天楼が、目の前に聳えている。

「やあ、ガ——」

「ガリーナ・ペトレンコではない」電話をかけてきた相手がいった。女の声ではないし、ウクライナ人でもないようだった。ロシア人のようだった。

「話を聞こう」フラナリーは、とっさに肩をすぼめて、声をひそめた——外交官のときからの癖だった。

「おまえはアメリカ人だな」相手がいった。

質問ではなく、断定だった。フラナリーは答えなかった。

「ガリーナは死んだ」声の主があからさまにいった。だが、さりげない口調ではなかった。「彼女が最後におまえに電話をかけた理由を知りたい」

わけがわからないことをいうとフラナリーは思ったが、そこで不意に気づき、腹をゆっくり圧迫されるような心地を味わった。かがんでいたのは幸いだった。フラナリーは自分の皿をエイゼンシュテインの皿の脇に置いた。一瞬の間を置いて気を取り直し、つぎの瞬間には声が出るようになった。だが、なにもいわなかった。電話口にまだいることを相手に知らせる……とともに時間を稼ぐために、大きな音をたてて鼻から長く息を吸った。

電話をかけてきた男は、ガリーナを知っているか、すくなくとも彼女の正体を知っている。ガリーナが死んだ――殺された――ことは、まもなくＮＹＰＤかその他の情報源が伝えるだろう。ほかにも推理できることがある。相手はこちらの携帯電話を逆探知する時間もしくは機会がなかった。そうでなければ名前で呼ぶはずだ――しかし、身許をたずねないのは、容易に逆探知できるからにちがいない。まだある。フラナリーは、相手の声の微妙な要素を聞き分けるのに長じていた。この男は切迫した声だった。ガリーナが焚きつけようとしていた火種に関係があるのだろうと、フラナリーは推定した――このロシア人は、それを暴いて封じ込めようとしているにちがいない。

　フラナリーは、肩をそびやかした。「あんたはそれを彼女にきかなかったのか？」

「気をつけろ」声の主が警告した。「これは会話じゃない」

「そうだな。訊問だ。しかし、わたしが受けるかどうかはべつだ」フラナリーは応じた。「わたしが電話を切ったら――」

「おまえのところへ行く」

「時間がかかるぞ」

「たいしてかからない」

「会えなくて時間を無駄にするのがいやだから、こうして電話しているんだろう」フラナリーはいった。「わたしが何者か知ったら、殺す危険を冒すかな」

電話の相手が、ほんの一瞬、黙り込んだ。

「おまえはこの〝会話〟を切りあげなかった」男がいった。「なにが狙いだ？」

「いまは話せない」フラナリーは答えた。「一時間後にこの番号にかける」

アメリカの法執行機関はべつとして、何者かがこの私用携帯電話を逆探知して自宅や職場に手先を差し向けるには一時間以上かかることを、フラナリーは知っていた。この男の場合は、もっと長くかかるかもしれない。

「それ以上は待てない」電話の相手が警告した。

「わかっている」フラナリーは、なだめる口調——残虐な独裁者や既得権を握っている人間と話し合った経験と訓練と努力の賜物——でいった。

親指でディスプレイにタッチして、電話を切った。そして、こみあげる吐き気をこらえた。

キューバのレポーターに、あとで来ると約束し、フラナリーはたくみに人だかりを縫ってレセプションルームを出ると、急いでオフィスへ行った。

4

ワシントンDC
六月二日、午前十二時五十三分

「食事はそんなに悪くないと思うけど」ブライアン・ドーソンはそういってから、つけくわえた。「デートの相手もね」

カロライナ・スミスは、にやにや笑いながら、ボックス席を出た。「ブライアン、なかには政府の仕事についていないひともいるのよ。わたしたちは、生活のために働いているの」

「ああ、そうか」

「それに、自分の仕事が気に入っているひともいる」カロライナはなおもいった。

「あなたがギャラリーを嫌っているのは、わたしがそこにずっといるからでしょう。

わたしたちはもういっしょに住んでいないんだから、強い原動力をだいなしにすることはないわ」

「強い原動力」ドーソンは鸚鵡返(おうむがえ)しにいって、ウェイトパーソンに合図した。「おれたちがたんに〝和解しがたい不和〟（離婚の理由としてよく使われる言葉）と呼ぶものを下塗り塗料(ジェッソ)で糊塗(こと)するときに、アートの世界ではそういう言葉を使うのか」

「細かいことをいうようだけど、その言葉は結婚しているときしか使えないんじゃないの」アフリカ系アメリカ人のカロライナは、淡い笑みを浮かべてそういった。「すくなくとも、わたしの職場は国内だった。あなたの機嫌がいいのは、敵地に侵入するときだけだった」カロライナは首をふった。「あなたがいまいるのは――通商代表部のクリスマスパーティではどういう名称を使うの？　ウサギの巣みたいなところよね。この世は気まぐれととっぴな物事に満ちているわね」

ドーソンは、テーブルの上の丸まったナプキンを睨(にら)みつけた。ちくしょう、彼女のいうとおりだ。ナプキンがただの白い布で、白旗ではないことに、ドーソンはひそかに腹を立てていた。

「久しぶりに会えて、楽しかったわ」カロライナがいった。「でも、わたしとあなたのアッサンブラージュ（ガラクタに見えるものを寄せ集めた芸術作品）がうまくいかなかった理由を、あらためて思い出した」

またアート用語。前もこういうことをいわれたのに、自分はそれに耳を貸そうとしなかったのか？

カロライナが、やさしい笑みを浮かべたとき、勘定書きが置かれた。「ランチをありがとう」

「またおごるよ」向きを変えて離れていったカロライナに、ドーソンはいった。「本気だぞ！」つけくわえたが、カロライナはすでにメールをチェックしていた。

ドーソンは忘れられる存在だった——ボスにランチの約束をすっぽかされ、いままた前の〝ボス〟からは軽んじられた。なぜなのだろうと思った。ほとんどの人間が開花するような年頃に、肥料のように臭くなっている。

まあ、それは現場に出るためだ。敵を買収し、情報を収集し、小国の乗っ取りをもくろむのだ。財布を出そうとしてジャケットに手を入れたとき、携帯電話が鳴った。相手が不明の場合はボイスメールになる設定だったが、テレフォンショッピングのセールスマンでもいいから、だれかれなく叱りつけたい気分だったので、応答ボタンにタッチしたものの、黙っていた。

「ドーソンさん？」

「そうだが」ドーソンは用心深く答えた。仕事かもしれない。大統領ではないだろうが、最初の一斉射撃で相手を怒らせたくはなかった。

「わたしはダグラス・フラナリー。電話番号はマット・ベリー大統領次席補佐官から聞きました」

「なるほど。彼の介添え役ですか?」

「なんですか?」

「スカッシュの再試合ですよ、このあいだ打ち負かしたので――」

「ドーソンさん、わたしは元大使で、あなたとあなたの組織の人間と、できるだけ早く、秘密を守れる場所で話をしなければならないんです」

ドーソンはひそかに、この世の気まぐれに感謝し、ウェイターにアメックスのカードを渡した。頭のなかで情報が組み合わさりはじめた。ダグラス・フラナリー大使――ウクライナ駐在、前政権。

「オフィスに戻るところなんです」ドーソンは答えた。「三十分かかるでしょう。混みぐあいにもよるが」

「そんな時間はないんだ――」大きな溜息(ためいき)が聞こえた。「くそ」

「なんですか?」

「ニュースになっている。ニューヨークでの殺人。あの男がいったことはほんとうだった」また溜息をついた。「秘話ではない電話では、これ以上いえない。できるだけ急いでもらえますか？　最大限の態勢で、できますか？」

「いまから向かいます」ドーソンは答えた。「できるだけ人数を集めます」

「できたら、二時十五分前までに」フラナリーが念を押した。

ドーソンは、スマートフォンの時計を見た。ぎりぎりだが、なんとか間に合う。

ドーソンは、アン・サリヴァンに電話をかけながら、レストランのラファイエット・パーク側へ向かった。陸軍第5特殊部隊群の群長だったころにしばしば感じたたぐいのかすかな興奮が、下腹から胸にかけてひろがるのを感じた。その感覚はひとことでいい表わすことができる。「突撃！」

そういう態度によって、ドーソンは軍隊で多数の敵をこしらえた。たとえば、中米の小国を乗っ取る作戦を統括したときに、みずから暫定統治者になろうとして、懲戒免職を食らいそうになったことがある。

「アニー――幹部を集めて会議をひらく必要がある」ドーソンはつけくわえた。

「高度の脅威警戒（スレトコン・ハイ）態勢だ」

「いま話せる？」

「だめだ。三十分でそっちに行く」

「用意するわ」

駐車係が年代物のマスタングを出すのを、ドーソンはいらいらしながら待ち、コンスティテューソン・アヴェニューNWに出てから、国道50号線を西に向かった。運転しながら、車載のタブレットでフラナリー元大使の公開データを呼び出した。これが罠(わな)だった場合、マット・ベリーに電話すると、次席補佐官であるベリーの個人用電話番号がばれてしまうので、それは避けたかった。それに、どのみち具体的な話をするわけにはいかない。

ドーソンは、タブレットの音声機能を使い、情報を読みあげさせた。キエフ駐在の八年間の人事記録がわかった――カロライナの前の恋人だったフランス人のマリーなら、スパイ行為問題(ラフエール・エスピオナージ)と呼ぶような出来事があった。ウクライナ人職員がそれに関わっていた。ドーソンはその職員の名前を検索した。

その女性職員は、喉を掻(か)き切られて死んでいるのを、十二時五十五分にマンハッタンで発見された。フラナリーが電話をかけてきた時刻だ。それで〝くそ〟といった理由がわかった。

調べ終えたときには、ドーソンのマスタングはインターステート95号線をリッチモンドに向かっていた。

もどかしい思いでアクセルを踏み込み、ドーソンは二十五分以内でオプ・センター本部に到着した。そのあと、一分以内で地下へ行って、長官室に向けて足早に歩いていた。自由の女神像のように頼りになるアンが、持ち場にいた。

「みんな帷幕会議室（タンク）にいる」アンがいった。「あなたが戻ったら見せたいものがあると、ウィリアムズ長官がいっているわ」

「目標がぴったり噛み合うのは最高だね」突進してアンの横を通りながら、ドーソンは正直にそういった。

アンが、急ぐふうもなくドーソンのあとに従った。

おたく（ギーク）帷幕会議室（タンク）は、オプ・センターの楕円（だえん）形の地下オフィス群の中心にある。アンはそこについて、〝心臓があるべき場所にある頭脳中枢〟だといったことがある。人間関係に敏感なドーソンには、それがいくぶん嫌味のように聞こえた。若い専門家と数人の熟練者が、モグラの塚までも書き入れるくらいつぶさに作業し、気象状況から地図にいたるまであらゆることを分類して記録し、分析する。化学者たちは、ウィッグからぬいぐるみの動物の詰め物にいたるまで、あらゆるものに仕込まれる爆発物を探知する方法を研究している。レムスとロームルスと呼ばれる二人組は、火器と爆破の研究を行なっている。非常事態が差し迫っていなくても、かなり多忙な部門だった。

　ドーソンとアンは、ドアの脇の掌紋（しょうもん）リーダーとその上の顔認証モニターで確認されて入室した。内部はオプ・センター本部をそのまま縮小したような感じだった。ひろびろとして、開放的で、低い仕切りの半個室（キュービクル）がならんでいる。スティーヴ・ジョブズ、アルバート・アインシュタイン、ビル・ゲイツ、スティーヴン・ホーキングなど、テクノロジーの神の肖像が飾られ、〈ワールド・オヴ・ウォークラフト〉や〈ウォーハンマー40000〉のようなゲームのポスターも貼（は）ってある。ここで働いているひとびとは、国際紛争については理知的に落ち着いて話し合うが、複数のプレイヤーが戦うロールプレイングゲームとミニチュアのコレクションを使ってテーブルで行なう戦争ゲームのどちらがいいかという論争になると、まさに世界の終末（アルマゲドン）の大決戦を引き起こす。

　アデルの歌声が流れている。デスクやいくつかあるカードテーブルには、ピザの空箱、グラノーラバーの包装紙、〈スラーピー〉やコーヒーの空容器が散らばり、フェルトペンやグリースペンシルで書いたメモがあり、指ですくったケチャップがくっついて乾いている。思い思いの服装の二十代から三十代のスタッフ十八人が、オプ・センターの他の部分には見られず、ドーソン、ウィリアムズなどの幹部が軍で経験したどんなものとも異なるエネルギーを発生させている。アンもそれを考察し、ここの基調は〝小生意気な若者の品のよさ〟だと評していた。アンのいうとおりだった。ギーク・タンクはオプ・センターに属しているが、ギーク・タンクの外の人間はここには属していない。

ドーソンとアンは、片隅をガラス一枚で囲ったアーロン・ブレイクのオフィスへ行った。アーロンは〈ドッカーズ〉のズボンに《スター・トレック》のスウェットシャツという格好だった。《スター・ウォーズ》の柄の服を着ている連中と、一線を画している――そのふたつの映画も多少、論争の的になっている。ドアの上には〝カーク船長〟と書かれた新しい表札があった。

チェイス・ウィリアムズと国内危機管理官のジェイムズ・ライトに加えて、兵站部長のダンカン・サザランドがいた。ドーソンとライトは、きょうだいのように仲がよかった。ドーソンよりも二歳上のライトは、ワシントンDCの内部事情通で、ドーソンとおなじように雑談の名人だった。ふたりとも元軍人だが、ライトが退役したのは周囲とやり合ったからではなく、関節炎のせいだった。ふたりとも離婚経験者で、血気盛んな独身男だった。サザランドはどちらかというと一匹狼で、リヴァプールの不良少年からイギリス陸軍空挺特殊部隊に入隊し、イギリスの社交界でよく知られている裕福な女性と結婚したあとで、アメリカに来た。サザランドと夫人には、チェヴィーチェイスやジョージタウンの上級階級の友人たちがいる。

ウィリアムズは、コレヒドール島に戻ってきたマッカーサー将軍のように、威厳のある態度で腕を組んで立っていた。ギーク・タンクにはいってきたドーソンとアンに目を向けた。アーロンはそちらを見なかった。ヴァーチャル・リアリティのゴーグルをかけて、あちこちに顔を動かしていた。

「ランチをすっぽかして悪かった」ウィリアムズがいった。

「いいんです」ドーソンは、スマートフォンを出して時間をたしかめ、声を殺して刺々しくいった。「カロライナの最近の受け売りを聞かされましたよ」

それを聞いて、ウィリアムズは用心深く、中立的な立場を護ったが、アンは〝わたしも女よ〟というように渋い顔をした。

「なにがあった、ブライアン？」ウィリアムズはきいた。

ドーソンは、時刻を確認してから、着信履歴を呼び出した。「十五分後に、元ウクライナ駐在大使のダグラス・フラナリーに電話しないといけないんです。大統領次席補佐官に連絡して、わたしの電話番号をきいたそうです」

「理由は見当がつくか？」ウクライナの突然の戦力整備に懸念を抱いていたウィリアムズはきいた。

ドーソンは、急いでスマートフォンをオプ・センターの秘密保全システムに接続しようとしていた。「いいえ。でも、ニューヨークの殺人事件がニュースで報じられたことに、かなり動揺していました」

ウィリアムズとアンは、顔を見合わせた。

「ウクライナの女性のことね？」アンがきいた。

「そうです」ドーソンが答えた。

「元大使に電話してくれ」ウィリアムズはいった。

ウィリアムズが意外にも鋭い反応を示したので、ドーソンは急いで履歴に残っているフラナリーの番号にかけて、スピーカーホンにした。

〝おかけになった番号はダグラス・スミス……〟

ドーソンはかけ直した。二度目はすぐに留守番電話になった。ドーソンは悪態をついた。

「アーロン、携帯電話の通話に割り込めるか？」ウィリアムズはきいた。

「時間がかかります」ゴーグルをかけた頭をあちこちに向けながら、アーロンが答えた。

「どれぐらいだ？　何分？」

「やるのには、すくなくとも三十分」アーロンが答えた。

「だめだな」ウィリアムズは決断した。「ブライアン、受付かだれか、ほかに電話で連絡がとれる相手はいないか？」

「われわれが関わっているのを、フラナリーはだれにも知られたくないでしょう」ドーソンが答えた。

「アン」ウィリアムズはいった。「フラナリーの日常と、ガリーナ・ペトレンコに関してわかっていることとのつながりを調べるのに、全力を挙げてくれ。それから、マコードを大至急呼び戻そう。サザランド、きみは――」

三十六歳のサザランドは、すでにロジャー・マコード情報部長に電話をかけていた。

「このあとは長官室でやる」ウィリアムズは組んでいた腕をほどき、切迫感をあらわにして動き出した。「アーロン、作業をつづけてくれ」

「はい」

「ブライアン、きみが知っておく必要があることが、ほかにもある」ギーク・タンクを抜けながら、ウィリアムズはいった。

ドーソンはうなずき、フラナリーに三度目の電話をかけた。

5

ウクライナ、キエフ
六月二日、午後八時四十五分

任務中止手順：Ｂ２
　ウクライナ軍兵士九人の射撃はすばやく正確だった。この演習は、任務に必要な兵器が欠けていたために、失敗だと地上の共謀者によって判断された。目的を達成できずに拠点を離れた部隊は、敵騎兵中隊――こちらの規模をまったく知らない突撃部隊――数個と遭遇することになる。暗視装置では部隊規模を知ることは難しい。ロシア軍防御部隊は、前進する新手の戦車旅団の背後に撤退した。
「密生した林に後退しろ！」ロマネンコ少佐が叫んだ。「チームＡ、Ｂを掩護しろ」
　前方の四人編成の射撃チームが塹壕にこもり、あとの三人が撤退した。ロシア軍戦車が彼らの陣地の七〇〇〇メートル以内に前進した。

「少佐、間隙が見えます。ターゲットをいまも――」チームＡのジンチェンコがいった。

「却下！」少佐が叫んだ。「撤退しろ」

ここがドンバス（ウクライナ東部のドネツ川沿岸にある大炭田地帯）なら、ウクライナ軍は陣地を堅持し、掩蔽壕にこもって、周囲の基地から味方戦車が来て戦闘に参加するのを待つことができるが、あいにくここではそうはいかない。

「チームＡ、射撃をつづけろ。最大発射速度――弾薬を節約するな！」少佐が秘話無線機でどなった。

一種独特な血のように赤い閃光が二度輝くのが、暗視ゴーグルで見えた。ジンチェンコとトカーチが殺られた。それとほぼ同時に戦車が爆発し、チームＢの全員とチームＡのマルチュクが死んだ。爆発音と渦巻くオリーヴ色の雲に包まれて、射撃チームが消滅した。だが、マルチュクは少佐から数メートルしか離れていないところで死んだ。肋骨の下あたりで体がふたつにちぎれ、ケヴラーの抗弾ベストがほつれて飾り房のようになっていた。ドンバスだったら、傷病者後送ヘリがある。だが、この任務に支援はない。

戦いながら撤退するのではなく、無秩序に撤退するのですらなかった——潰走し、虐殺された。ロシア軍の砲弾が周囲の岩、木立、民間の建築物をなにもかも叩き潰し、漏斗孔だらけの煤けた地面にはくすぶる残骸しか残らなかった。

チョルナがスナイパーに撃たれて倒れた。スナイパーはロマネンコの予想よりも近く、わずか六五メートルのところにいるとわかった。それがロマネンコが最後に知ったデータで、バイザーが赤に変わり、動くのをやめた。

ロマネンコは体の右に被弾して、視野が真横に動いた。自分の武器の上に倒れていた。目をあげると、チョルナが片手を動かしているのが見えた。

とにかく、自分とチョルナは生きている。任務は終わったわけではない……。

§

そこはバイオニック・ヒルと呼ばれ、ヨーロッパの卓越したハイテク・センターのひとつだった。初代ウクライナ駐在アメリカ大使が共同創立者で、その人物のコンサルティング会社が、首都圏の中心部の三六三エーカーという広大な景勝地を開発して、ダイナミックな（ＩＴ用語では保存された情報を維持するために電力供給が途絶しないことをいう）施設群を建設した。三万人近くが勤務し、IT、通信技術、バイオテクノロジーの開発、薬剤のイノベーション、グリーンでクリーンなエネルギー源の研究を行なっている。施設には大学があり、バイオニック・ヒルの共同経営者になることを望む企業向けの貸しスペースもある。

四階建てのガラスと鋼鉄のビルが数ブロック整然と並んでいるなかに、テクノロジカル・サポート・ラボラトリー・グローバルのオフィスがある。得体の知れない名称だが、かつてはウクライナ軍特殊部隊の研究部門だった。TSLと略されるその組織は、イスラエルのシェモナ・グループ——最新鋭のハイテク軍用ソフトウェアとハードウェアの供給者——と秘密の協力関係を結んだあと、民間企業に生まれ変わった。

だが、それは表向きだけだった。

曇りガラスのドアにその名称が描かれているだけで、軍やその他の機構に属することを示す表記はいっさいなかった。六五〇平方メートルのフロアには、無駄のないデザインのテーブルとスツールが置かれ、三十七人の科学者が排他的な環境で働いて、特殊部隊向けの最新鋭の機器を創り出していた。

ただひとつの例外は、施設の奥に沿って細長くのびている長い兵舎(ロング・バラックス)と呼ばれる部屋だった。防犯カメラや歩行者が通る歩道からもっとも遠いことから、そこが選ばれていた。幅と高さと長さは、列車の客車二両とほぼおなじだった。防音はほどこされていないが、静かだった——ときどき、なかからくぐもった叫び声や悪態が漏れてくるだけだった。

ロング・バラックスを運用しているのは、ひとりの民間人だった。三十六歳のハヴリロ・コヴァルは、スタンフォード大学でコンピューター科学の博士号を得ている。コヴァルとあとの五人は、ドンバスの戦いを前線で経験した熟練の軍人、ウクライナ陸軍東部作戦集団のヨシプ・ロマネンコ少佐が考案した計画のベータテストを行なっていた。プーチンがウクライナ領内に派遣した〝人道支援車両集団〟に対する監視作戦を行なったロマネンコは、だれよりもロシア軍の兵器装備について直接の知識がある。

コヴァルは観察者（オブザーヴァー）なので、戦闘シミュレーションに参加するアバターがなかった。そのほうがありがたかった。筋骨たくましい身長一七〇センチのロマネンコは、こういう演習には向いていない空間で、隠れ場所や前進する狭い範囲をどうにか見つけていた。だが、コヴァルは、本物の戦場に出たら、怯（おび）えて動けずに立っているような男だった。

チームの五人は、ぴっちりしたモーショントラッキング・スーツを着て、バラックスのあちこちに設置されたカメラに捉（とら）えられ、プログラムに動きが入力されていた。

現実の動きがヴァーチャル・リアリティに反映され、その逆も行なわれる。このシミュレーションは、ロング・バラックスの広さに合わせて設計されていた。コヴァルがプログラムの欠陥を見つけると、新バージョンを受令室(レディ・ルーム)に組み込む。レディ・ルームは、体育館と飛行機の格納庫をかけ合わせたようなべつの建物だった。チームはそこに数日こもって、任務の具体的内容がリークされたり、ハッキングされたりするのを防ぐために、外部との連絡を絶つ。

いま、動けるのはチョルナとロマネンコだけだった。具体的にいうと、本物のふたりは立っていたが、ふたりのアバターは荒れた汚い地面に伏せていた。ディスプレイの右下の隅でデジタル表示の時計が一九〇〇時を示すと、ロマネンコは大声でシミュレーション終了を命じた。緊張を解くために一同は深く息を吸い、浅く息を吐いて恐怖をふり払った。戦いの暗い情景はそれほど鮮明で、六人はともにそれを味わっていた。人的損耗は真に迫っていて、精神を打ち砕いた。

全員がゴーグルをはずしたとき、周囲は真っ暗だった。コヴァルが照明を徐々に明るくした。シミュレーションは、いくつもの極限状態を重ねて行なわれる。暗視、襲来する砲弾、アバターが召集されたとたんにあちこちに投げられる特殊閃光音響弾の炸裂(さくれつ)。チームの目は精密な解像度のコンピューターグラフィックスを現実に見せるために微妙な緊張を強いられていたぶん、回復に時間がかかる。

呼吸が正常になっても、だれも口をきかなかった。おたがいに近寄ろうともしなかった。結果論で批判したり、非難したり、背中を叩いて激励したり、反省会をやったりするのにふさわしい時と場所ではない。静かに自己分析するだけだった。現実であろうとシミュレーションであろうと、言葉を発したなら、戦闘による激情や興奮のせいで、どんなチームにも付き物の亀裂がひろがってしまうにちがいない。ロマネンコは、しばらくして考える時間ができてから、ひとりずつべつに報告聴取を行なうようにしていた。二〇一四年の侵攻——政治家や外交官は、もっと婉曲な言葉でごまかしている——を、ロマネンコは〝戦争の第一段階〟だといってはばからないが、その際に自分のチームを特別扱いして大切に扱ったので、同僚の将校に〝乳母〟という綽名をつけられた。ロマネンコのチームは、他の部隊といっしょに酒を飲んだり女を買ったりしなかった。その年に軍が損害を受けた四億五千万にのぼる組織的収賄にも関わらなかった。アメリカのウクライナ政府への援助と同額だった。ロマネンコ少佐は、同僚の将校や彼らの部下たちの行動に責任を負うことはできなかったが、自分のチームには、任務に一〇〇パーセント集中し、忠誠を誓い、国に身を捧げ、誠実で正直であることを望んでいた。ヴァーチャル・リアリティ・プログラムには、無作為に作成された誘惑材料が盛り込まれていた。ジュエリー、数百コピーカの現金、ポルノ画像――もっとも強い誘惑にかられるのは、地面に転がっている高価なロシア製の刻み煙草だった。だれかがそちらを向いてしげしげと見ると、プログラムに探知される。立ちどまって取ろうとすると、プログラムが停止し、全員が拳で腕立て伏せをやるはめになる。

筋肉質のがっしりした体格のロマネンコは、ゴーグルを片手に、アサルト・ライフルを反対の手に持って、反対側の隅の武器台へ大股に歩いていった。銅像に生命が宿ったかのような歩きかただった――なめらかで力強く、無駄な動きがない。アサルト・ライフルを置き、ゴーグルをアルミのラックに吊るすと、部屋の奥に当たる東側の壁にならんでいるロッカーへ行った。自分の名前をいうと、高性能の音声認識ソフトウェアによってロックが解除された。人工的な静けさと薄闇のなかで、そのカチリという音が不自然に大きく聞こえた。ロマネンコは、携帯電話のディスプレイを見た。

「解散」歯切れのいい大声で、ロマネンコはいった。「おまえは残れ、コヴァル」

あとの四人が、きびきびした動きで装備を片付け、正面にある唯一のドアから出ていった。彼らはテスト後にいつもやることをやる。部隊本部へ行き、黙って待つのだ。

四人が出ていくと、ロマネンコはロッカーから煙草を出して火をつけ、コヴァルのほうを向いた。

「リトヴィンからメールが来ている」くぐもった声でロマネンコがいった。「ガリーナが殺された。電話だけが奪われていた」

ヴァーチャルの暴力には動じないコヴァルも、ガリーナが死んだと聞いて、膝の力が抜けそうになった。会ったことはなかったが、ガリーナは作戦開始時から不可欠な一員だった。

「ガリーナは、けさフラナリー元大使と会うことになっていた」ロマネンコがつづけた。「時刻から判断して、会ったと思われる」

「だとすると、フラナリーの正体がばれている」コヴァルが、静かにいった。

「ガリーナはプロフェッショナルだ。詳しい話はしなかったかもしれない」ロマネンコは、携帯電話に保存されているガリーナの連絡相手のリストをスクロールして、ひとりを選び、スピーカーホンにしてからコヴァルに渡した。コヴァルに通訳をつとめてもらうためだ。

「だれだ？」ふるえを帯びた声で、応答があった。

その口調で、すでに危険な段階になっていることをロマネンコとコヴァルは察した。ロマネンコが耳に触れて、事情はわかったという合図をしてから、一本指をまわして、まずひとりで話をしてから自分のために通訳するようにと合図した。

「大使閣下、わたしはガリーナ・ペトレンコといっしょに働いている——働いていたものです」コヴァルはいった。

「つづけて、急いでくれ」

コヴァルはフラナリーと会ったことはなかったが、プロフェッショナルらしい態度だし、重圧を感じているのはわかった。フラナリーは情報を要求しなかった。電話をかけてきた相手に、自分が何者でどこからかけているのかを知らせるつもりがあれば、当然教えるはずだと、わかっているからだ。

「わたしはキエフで序列第二位の連絡員といっしょにいます」コヴァルはいった。

「彼は英語を話せないので——」

「きみたちは彼女を失うことはないと、本気で思っていたのか?」フラナリーはきいた。

「大使閣下——」

「いや、よく聞け。きみたちがなにを計画しているにせよ、相手は強硬な手段をとるつもりだ。きみたちは中止しなければならない」

ロマネンコの目に怒りが燃えあがるのを、明るくなった照明のもとでコヴァルは見た。「それは無理です」コヴァルはいった。「むしろ予定は早められるでしょう」一瞬の間を置いてからたずねた。「ガリーナはあなたの支援を取り付けたのですか？」

「支援するとは約束していないし、強い懸念を抱いている」フラナリーは答えた。ウクライナ語に切り替えた。「スピーカーホンにしているようだな——そこにだれがいる？」当然の質問だった。だれでも不意打ちされたくはない。

　喫煙のせいで太くなった声が答えた。「奇襲隊（コマンドウ）のリーダーだ」

「名前を教えてほしい」

「その必要はない」ロマネンコがいった。「わたしたちにぜひとも必要なのは、ガリーナ・ペトレンコが求めていた情報だ」

「そうかね……必要なのは辛抱強さだ」フラナリーはいった。「外交は動きが鈍いものだが、ガリレオがいったように、それでも地球は動いているのだ。軍事行動は、隠密裏であろうとどうだろうと、当然ながら挑発だと解釈される」

「この問題は検討され、決定された」

「あなたがたの政府によって？」

「われわれの政府は無力だ」ロマネンコは答えた。「成果を挙げられるようなことをやる意欲がない。勲章や褒章（ほうしょう）をでっちあげて、外国の援助を要求するだけだ——しかもその援助は、軍にはまわってこない」

「つまり、あなたがたの計画は、政府には知らされていないし、承認も得ていないいんだな?」フラナリーは問いただした。

「首相と議員たちは、なんの相談も受けていない」ロマネンコは答えた。

「議員たち」フラナリーは、その言葉の使いかたに耳をそばだてた。「議員全員がこの件について相談を受けていなかったというのか?」

「議員全員が……妥当な否認権を有している」

フラナリーが大きく息を吐き、ウクライナ人ふたりがすでに見抜いていたことを裏付けた。ロマネンコの答に、フラナリーは納得していない。じつは、好戦的な議員数人は、なんらかの軍事計画があることを知っている。そして、計画の具体的な内容を知らずに、暗黙の了解をあたえている。成功すれば、その議員たちがおおっぴらに支援にまわるはずだった。

「電話をかける予定がある……二カ所に……もう約束の時間を過ぎている」フラナリーはいった。「あとで話をしよう」

「この会話をつづける理由があるようなら、そうしよう」ロマネンコがいった。「そうでないなら、時間を割いてくれたことと、ガリーナに会ってくれたことにお礼申し上げる。彼女の精神の一部が、あなたの心のなかで生きつづけていることを祈る」

コヴァルが電話を切った。ロマネンコ少佐が、感謝をこめてうなずいた。

「少佐は外交官になればよかったですね」コヴァルがいった。

「そんなに口はうまくない」ロマネンコは答えた。「図々しくもない」

「忍耐と決意がありますよ――少佐の働きぶりを拝見しています」

ロマネンコは、出口に向けて歩きはじめた。

「少佐！」

ロマネンコは立ちどまって、ふりかえった。

「B2をどう改良しますか？」コヴァルはきいた。

「信管を抜いていない地雷を増やせ」

「もっと……難度を高めるのですね？」

「耐圧板を破壊する威力の兵器がなかったら、あらゆる地雷の使用を想定したシミュレーションにはならないだろう」ロマネンコはいった。「そうではないか？」

「しかし、さっきはその難題がなくても任務と撤退に失敗したんですよ」

「ウェイトトレーニングで他人に勝とうと思ったら、必要以上の圧力をかけてトレーニングしなければならない」ロマネンコは、煙草の煙を吐きながらいった。「ジョギングするときには、足首にウェイトをつける。それとおなじだ」

「理屈はよくわかりますが――」

「ただの理屈ではない」ロマネンコはコヴァルに数歩詰め寄りながら、いい張った。「すべての地雷を処理するのにチョルナは時間をかけすぎて、われわれの予定に六分の遅れが生じた。チョルナがうしろに下がって後衛をつとめるのではなく、周辺部の地雷をいくつかそのままにして、チームBの先鋒をつとめていたらどうなったか？　あるいは、状況によっては、わたしがジンチェンコに命じて間隙を抜けさせ、ジンチェンコがチームAを支援のために前進させることもできただろう。それに、わたしたちふたりはまだ生きていた。任務は最適の状態ではなかったが、終わってはいなかった。六十分後にもう一度やる。それまでに地雷を増やせるか？」

コヴァルは、ロマネンコをしばし見つめてからうなずいた。「もちろんです」

照明が完全についているロング・バラックスにひとり残されたコヴァルは、ロマネンコの主張は兵站の面で筋が通っていると思った。指揮官としてロマネンコは、〝意志〟、〝興奮〟、〝同志愛〟に加えて、〝競争〟のような漠然とした概念を盛り込もうとしている。本来、コヴァルの作業には織り込まれていない要素だった。

コヴァルは、ロング・バラックスを出た。その外の闇で、目が楽になった。ガリーナとその経歴、勇気、愛国心のことを、ちらりと考えた。彼女を失った痛みを感じたが、それよりも重要なのは、アイデアがひらめいたことだった。ロシア軍機を捜索する探照灯の光芒が、遠くで空に突き刺さるのが見えた。たいした抑止力にはならないが、ロマネンコ少佐はそれを防空の仮の枠組みと呼んでいる。防空兵器をいずれそこに配置すればいい、ということだった。ウクライナ政府が安閑としているわけではないことを、プーチンに示すことができる。攻撃を一時休止しているだけだ。

いまのところは。

6

ヴァージニア州スプリングフィールド
フォート・ベルヴォア・ノース
オプ・センター本部
六月二日、午後二時四分

ギーク・タンクからウィリアムズの長官室へ歩いていくのには、一分もかからないが、そのあいだにウィリアムズはアンにすばやく指示をあたえ、アーロンが突き止めたことをドーソンに説明した。

「見つかったものは、スタンフォード大学の学生が創った複数のプレイヤー向けのゲームで、一人称の射手(シューター)がプレイする」ウィリアムズはいった。「その男は政府の仕事を探していて、ゲームの一部が彼の動画に残っている。それ自体はたいして珍しいものではないらしい。ただ、ゲームの背景になっている場所が問題なんだ。ウクライナ国境にかなり近いロシア軍基地三カ所のうちのいずれかを基本的なテンプレートにして創られていた。南東のヴァローニェシュ、北東のスッジャ、セヴァストーポリの海軍基地――」

ドーソンが、眉をひそめた。「クリミアのその港湾施設は、完成前にかなり拡張されている」

ウィリアムズはうなずいた。

「ウクライナがどこのロシア軍を排除したいかは、よくわかります」ドーソンがいった。「プーチンはやつらの目に親指を突っ込んでいますからね」

「条約によって」アンが指摘した。「二〇一五年に、二十五年間有効な条約をロシア連邦は結んでいるけど」

「おれの故郷では、銃身三〇センチの四〇口径の銃を頭に突き付けられることを、強要というんだがね」ドーソンがいった。

「それはともかく」ウィリアムズはいった。「その三基地はいずれも拡張が行なわれている最中なので、アーロンが注目したんだ。ゲームにはロシア軍の標準化された拡張も含まれている」

「わたしが送った情報要約をあの子が読んでいると知って、うれしいわ」アンが、ふたりのうしろで辛辣(しんらつ)にいった。

「スッジャはまもなく運用可能になる」ウィリアムズはつづけた。「あとの二カ所の拡張が整うのは一カ月か二カ月後だ。どれも、特殊部隊にはうってつけの攻撃目標(ターゲット)になるだろうな」

「軍事的利点はないが、プーチンのプライドには打撃になる」ドーソンがいった。

「それに、防御の準備が完全ではない壁をぶち壊すのは、戦術的にも合理的だ」

「だったら、それが三基地のうちもっとも手強(てごわ)い基地を選ぶもっともな理由になる」アンが、宇宙からの画像を見ながらいった。「ヴァーチャル・リアリティ(VR)の林は、手がかりにはならない。どの基地にも目隠しになる植栽がある」

「VRのどこかにロゴか署名はありますか?」ドーソンがきいた。

「なにもない」ウィリアムズはいった。「これはアルファ版のようだ。これをどこかに送って完成させたのだろう」

「なるほど」ドーソンがいった。「完成版は基地に関するグラフィックスも、もっと細かくできているでしょう。このゲームはおそらく依頼を受けて——」

「だれがどこでなにをやろうとしているのかを、アーロンのチームのRESが突き止めようとしている」長官室に着くと、ウィリアムズはいった。RESはリヴァースエンジニアリング・スペシャリストの略語で、旧オプ・センターの戦闘部隊のリーダーだったチャーリー・スクワイア中佐の娘がその仕事についている。「匿名のバイヤーが現金で買ったと、彼女はいっている。しかし、興味をそそられることがある。そのソフトウェアについての使用制限や所有権や守秘義務についての取り決めがなかった。だから動画が残っていたんだ」

「使用制限はあまり意味を持たなかったのかもしれませんね」ドーソンがいった。「ソフトウェアのデザイナーは、どいつもこいつも見せびらかすのが好きですよ。ゲイツ後、ジョブズ後の世代です。バーでときどきそういうやつを見ますが、とめどなくしゃべっていますよ。近ごろの若者は、〈アムステル・ライト〉を一本飲んだらもう、秘密を守っていられなくなる」

「ビールのせいではなくて、もともと不注意なのよ」ドーソンの声が刺々しくなる――おたくではなくバーに対して――のを察して、アンがなだめた。

「それとも、〝自分でしゃべらないと、だれもぼくがやったとはわかってもらえないだろう〟とデザイナーは思うのかもしれない」

「そうかもしれない」ウィリアムズは賛成した。「ダンカン、それについて考えたことはあるか？」

「ええ」アンのうしろを歩いていたダンカン・サザランド兵站部長が、前に進み出た。

「わざと見つけられやすいようにしたんじゃないすか」リヴァプールの全住民が長年そのまま伝えてきた強いなまりで、サザランドがいった。「ロシア軍が自分たちの前方基地をシミュレーションで攻撃されてる動画を見たらどう反応するか、知りたいと思ったやつがいたんじゃないすか」

「どうしてそんな性悪のでかい熊の尻（しり）をつつくようなことをやったんだろう？」ドーソンが考えていることを口にしてから、自分でその答をいった。「やつらに演習をやらせるためだ。反攻をどう展開するかを見るためだ」

「わたしなら、三基地を防御している兵員や装備に無理がかかって、ウクライナへの擾乱（じょうらん）を中断せざるをえなくなるよう仕向けるためにそうする」サザランドが、きっぱりといった。

「きわめて危険な瀬戸際政策だ」ドーソンはいった。「プーチンが動画を見たら、戦争を再開する口実にする可能性が高い」

「危機管理室（シチュエーション・ルーム）ではいいように思えても、現実の世界では賢明とはいえないこともあるわね」アンが指摘した。

長官室にはいっていくとき、ドーソンはそのことを考えていた。ライトが仲のいいドーソンの肩を叩き、二度ぎゅっとつかんだ。その仕草にはつぎのような意味がこめられていた。〝あんたは亡霊でも見たような顔をしている。あとで話をしよう〟。

フラナリー元大使に連絡する時刻は過ぎていたが、ドーソンはもう一度電話をかけた。

つながったので、ドーソンはすぐさまスピーカーホンにした。

「フラナリー大使」ドーソンはほっとしていった。

「秘密を守れる場所にいるんだね？」

「ええ、大使。ウィリアムズ長官も含めて、われわれ幹部四人がいます」

「ありがとう――ほんとうにありがとう。低い声で話さないといけないんだ。クリミアの平和に関するシンポジウムをやっていた。出席者がまだ何人か会場に残っている」

「全員、身許審査を受けているはずですよ。顔見知りですか？」ウィリアムズはきいた。

「そうだ。どのみち、たとえ嫌いな人間であろうと、友人や同僚を疑うことはできないよ」

フラナリーの声には、疲労と敗北感がにじんでいた。幹部はほとんど腰をおろしたが、ドーソンとアンだけは立っていた。

「話はお任せしますよ」ドーソンが促した。

フラナリーの溜息が聞こえた。「約束の時間が過ぎてしまった。電話しないといけないんだ――」フラナリーが言葉を切り、また溜息をついた。「待たせておくしかないが、手短に話す。きょうある女性が殺された。ウクライナの諜報員だった。わたしに接触して、支援してほしいといった。ウクライナに向かっているロシアの機甲部隊の動きについて、データがほしいというんだ」

ドーソンが、三本指を立ててから、親指を下に向けた。セヴァストーポリ海軍基地はターゲットから除外されたという意味だ。

「その女性は、証拠か詳細を明かしましたか?」ドーソンはきいた。

「六個機甲大隊が関係しているといっただけだ」フラナリーは答えた。「クレムリンにいた潜入工作員が〝行方不明になった〟といっていた――その人間がこの情報を入手したのだろう――ロシア連邦陸軍の内部情報をもっとほしいと彼女はいった」

「だれのために情報を手に入れようとしていたんだろう?」ウィリアムズは質問した。

「彼女はいわなかった」フラナリーは答えた。

答える前に、かすかなためらいがあった。だれもがそれに気づいた。

「情報を最終的に受け取るのがだれなのか、考えたことは？」ドーソンはきいた。

「民兵組織だと思う」フラナリーはいった。

「どういう情報を根拠に？」ドーソンがきいた。

「奇襲隊のリーダーだという男から電話があった」

長官室にいた全員が、愕然とした。

「つづけてください」ウィリアムズは促した。

「わかっているのは、ほんとうにそれだけだ」フラナリーはきっぱりといった。「ふたりの男と話をした。ひとりは英語ができた。ふたりとも名乗らなかった。ガリーナが要求したことをくりかえしただけだ……協力してほしいと。外交手段を使ってはどうかとわたしは提案した。にべもなくはねつけられた」フラナリーは、ふるえを帯びた長い嘆息を漏らした。「わたしが何度となく聞いたことがあるような、怒りのこもった拒絶だった……軍事行動を禁じられた将校が、しばしばそういう態度を示す」

その情報を全員が理解するまで、一瞬の間があった。

「電話番号は？　場所は？」ライトがきいた。

「ブロックされていた」フラナリーは答えた。

「彼らがほしがっている情報に、あなたはアクセスできるんですか？」ウィリアムズはきいた。

「いや、直接アクセスすることはできない」フラナリーが認めた。「ガリーナ・ペトレンコは以前、わたしが彼女の幸せを——なんというか、気遣っていた——のを知っていて、それが協力する動機になるだろうと思っていたんだ」

それを聞いて、ウィリアムズは思わず頬をゆるめた。有名な女スパイのマタ・ハリ以前から、そういう手口が使われてきた。そして、たいがい功を奏してきた。

「ガリーナが殺されたあと」フラナリーが、話をつづけた。「ニュースに出る前に、殺し屋が——たしかに殺し屋だと思う——彼女の携帯電話を使って電話してきて、彼女がわたしに会った理由をきいた。教えないと命を奪うと脅した……時間稼ぎにいいわけをしたが、七分前に電話することになっていた」

「そいつはロシア人でしょう？」ドーソンがきいた。

「英語は完璧だった。モスクワ仕込みの発音だったが」フラナリーがいった。

「いま安全ですか？　これからその男に電話するんでしょう？」

「いまのところは安全だ。電話するかどうかは——あなたがたの意見は？」

全員が、ウィリアムズに目を向けた。

「あなたは、この戦いに首を突っ込みたいのですか?」ウィリアムズは問いかけた。「その男が知りたいことを教えてやれば、手出しされないでしょう。でも、そうでなかったら……」

「ジム・ライトです」国内危機管理官のライトがいった。「その男はガリーナの携帯電話を持っているといいましたね。あなたに電話したということは、ロックは解除されている。国内やひょっとすると国外の彼女の仲間の番号も知られてしまうのではありませんか」

「プリペイドの携帯電話だとガリーナはいっていた——そういう情報はないだろう」フラナリーはいった。

「だとすると、その男はあなたを必要としている」ライトはいった。「その場合——長官は手出しされないといいましたが——情報にアクセスできるあなたを利用しようとするかもしれない」

「つまり、寝返らせる」ドーソンがいった。「ダブルスパイにする」

「わたしはだれのスパイでもない」フラナリーがいった。また沈黙が流れた。「電話がかかっていたようだ」不意にいった。「あの男からだ」

「大使、そいつがあなたを捜しにくるのは確実でしょうね」ドーソンがいった。「自分の身に危険がおよばないように、重要なことは抜きにして教えられるような情報はありますか?」

フラナリーは、だいぶ長いあいだだまっていた。「かなり意志強固な男のようだった」フラナリーはいった。「ドーソンさん、ホワイトハウスのマット・ベリーは、あなたがたの組織をかなり高く買っている口ぶりだった。この事態に関して、公式もしくはそうではないやりかたで、わたしに手を貸してもらえるだろうか?」

「〝そうではない〟ほうがわれわれは得意だ」ドーソンが、なかば冗談のようにいった。

「あなた自身を救ってほしいというのですか?」ウィリアムズはきいた。「それとも、われわれがこの事態を収拾することを望んでいるのですか?」

「れっきとした外交官なら、自分の身のことなど考えない」フラナリーは答えた。

「個人のリスクは、この仕事には付き物だ」

アンが、心のなかで喝采（かっさい）を贈った。

「ドーソンさん、わたしはこの男に電話をかける」フラナリーがなおもいった。

「それで、なにをいうのですか?」ドーソンがきいた。

「外交官がかならずいうことをいう」フラナリーが答えた。「われわれは、国家が崖（がけ）

から落ちないように説得する」

「そのロシア人は十中八九、立派な政治家ではないでしょう」ウィリアムズは警告した。

「ほかになにができる?」フラナリーが問い返した。「この任務は——ロシア人を被害妄想にするための作り事かもしれないし、開始されないかもしれない。あからさまに事実を告げれば、死なずにすむ人間がまた殺されるかもしれない」

「なにも教えなくても、ガリーナのように殺されるでしょう。そいつが情報を捜しているあいだは」ドーソンがいった。

「大使」ウィリアムズはいった。「通話をわたしたちが傍受してもかまいませんか?」

「正直いって、そういってくれるのを願っていた」フラナリーはいった。椅子がきしんで向きを変える音が聞こえた。「会議室に会議用電話機がある。そこへ行って、だれかがいたら退室してもらう。ドーソンさんの電話にかけ直します」

「わたしの電話にかけてください」ウィリアムズは、自分の電話番号をフラナリーに教えた。「こちらから連絡したいときには、ブライアンが電話します」

「了解しました」フラナリーはそういって、電話を切った。

「会議室の会議用電話機」アンがいった。「この世界にも、あたりまえの調和が守られている場所があるという証ね」

「アーロンが見つけたゲームと、不穏な事実が一致しましたよ」タブレットのデータをスクロールしながら、ライトがいった。「第4親衛カンテミロフスカヤ戦車師団（カンテミロフカという村を解放した戦果により命名された）の主力部隊がスッジャの基地に再配置されたか、まもなく再配置されるところです」

「ガリーナが知りたかった情報だな」ドーソンがいった。

「タブレットのデータ一行のために、ひとりの命が奪われた」アンがいった。

「その基地を常時監視しなければならない」ウィリアムズはいった。「さらに重要なのは、その周辺地域の監視だ」

それが合図だったかのように、ポール・バンコールが長官室にはいってきた。四十八歳の国際危機管理官は、身長一八八センチの堂々とした体格で、片方の足をひきずっているので体が斜めになるが、足取りは力強かった。

「どこで、いつですか？」バンコールがきいた。

ウィリアムズは、古参兵のバンコールの〝為せば成る〟という姿勢に、小さくうなずいて応じた。ウィリアムズが現況を説明すると、バンコールは部屋の隅へ行ってメールを送った。そのとき、ドーソンの電話が鳴った。禿頭のアフリカ系アメリカ人のドーソンは、まわりを見て、全員が静かにしているのをたしかめた。バンコールは、うなずいて了解したことを示した。ドーソンは電話を受けた。

「……ほかにも片付けないといけない用事があったんだ」フラナリーの声が聞こえた。

「ほかのやつらに警告したのか？」フラナリーの電話の相手がいった。

「ほかにはだれも知らない」フラナリーが答えた。

「ガリーナはそうではないと思っていた」

フラナリーは、その罠にかからなかった。

「いいだろう」電話の相手のロシア人がいった。「ではなにを知っている？」

「これだけだ」フラナリーがいった。「あんたたちが作戦を一時休止しないと、わたしが双方の代わりに仲裁しないと、多くのひとびとが――」

「死ぬというんだろう。そのとおりだ」ロシア人がいった。「悲しいことだが、おれの関心事はもっと狭いんだ、大使。ガリーナ・ペトレンコは、あんたになにを望んでいた？　質問するのはこれが最後だ……電話では、ということだが」

ふたりが話をしているあいだに、ドーソンはウィリアムズのデスクから急いでメモパッドを取り、なにかを書いた。ウィリアムズがそれを見てうなずいた。

ドーソンは、おなじことをメールでフラナリーに送った。

会話がとぎれた。

「フラナリー大使?」ロシア人がいった。「答えろ」

フラナリーは、まだ黙っていた。長く息苦しい沈黙がつづいたあとで、フラナリーが指示された通りのことを疲れた声で絶望したようにつぶやくのが、ドーソンの耳に届いた。

「ガリーナは、あんたたちの国境付近の戦車部隊に関する情報がほしいといったんだ」

7

ロシア、サンクトペテルブルク
七月二日、午後八時十五分

装飾的な円柱が正面を飾っている西部軍管区一般幕僚部ビルでデスクに向かって座っていたアナトーリー・イェルショーフ大将は、コンピューターのディスプレイで戦車戦の動画をじっと見ていた。一九六三年にカスピ海沿岸のデルベントで生まれたイェルショーフは、幼少のころ、戦闘を撮影したモノクロの8ミリフィルムを自宅の映写機で見た。父親は退役した傷痍(しょうい)軍人で、雑貨屋を営み、その六〇メートルの長さのフィルムを、漫画映画といっしょに日曜日に子供たちに見せた。笑いのあとに争い——なぜかぴったりした組み合わせに思えた。

イェルショーフはその戦争の映像が好きだった。カメラのぎくしゃくした動き、爆発の威力、脈動しているように見える黒煙、汚れた軍服。それを着ている兵士たちも、仲間の少年たちと石切り場で遊ぶイェルショーフとおなじように薄汚れている――。

もちろん、死が映し出されることはない。コンピューターの高解像度の動画とはちがっている。

一九八五年に土木工学の学位を得てクラスナヤールスク国立建築土木大学を卒業すると、イェルショーフはカザン高等戦車指揮学校を修了し、極東軍管区の大隊長に任命された。灰色の目のイェルショーフは、まるで戦車のように外面は堅固だった。戦車とおなじように、そのなかに男がいることを知っているのは、妻のリーリャだけだった。

いま、イェルショーフは薄暗がりに座って、注意を集中していた。まもなくきわめて特殊な会議がはじまる。イェルショーフはそのことを考えずに、見ているものに注意を払おうとした。何度も見ている動画だが、ウクライナ軍戦車の機動、動きの遅れ、予想外の動きなどについて、見落としていたことにいつ気づくかわからないからだ。

〝非対称戦〟。古い8ミリ・フィルムの気まぐれな映像には、いまだに目を奪われる……パターンを探そうとする。そういうときですら、混沌のなかに秩序を見出そうとするエンジニアの気性から離れられない。

いまコンピューターに映っている動画は、二〇一四年春の午後に撮影されたものだった。ロシア軍の戦車部隊が、予想外のすばやい動きをすることから〝狐（きつね）〟という綽名があるタラス・クリモーヴィチ少将が指揮するウクライナ軍機甲師団のT‐55四両とT‐54三両から成る小部隊と交戦している。

　クリモーヴィチが砲塔に立っているのを見て、勇敢だが見せびらかし屋だと、イェルショーフは思った。〝青二才（マラカソース）〟。祖母は若者のことをよくそう呼んでいた。まだおっぱいを吸っている、という意味だ。ウクライナ軍の戦車は旧式だが単純な構造で頑丈だった――したがって、信頼できる。56口径一〇〇ミリD‐10T施綫砲（ライフル）は、西側やロシアの大半の戦車砲よりも威力が劣るが、一分間に六発を発射でき、最大射程は一六キロメートルに及ぶ。

「これだ」イェルショーフはすこし身を乗り出して、くりひろげられている戦闘を観察した。「部隊解散だ。花がひらくような動きで」

　クリモーヴィチと彼の小規模な戦車部隊には、装甲や兵装とは関わりがない大きな利点があった。彼らは地形を知悉（ちしつ）しているし、いままさに起きていることを予想して、模擬戦を何度も行なってきた。ロシアの戦車部隊の射程外にいるあいだに、クリモーヴィチの戦車七両は隊列を解いて、ロシア軍のT‐90戦車部隊に追躡（ついじょう）していると予想されるロシア軍の上空掩護から隠れるために、ラブコヴィチの西の低山地帯にはいり込んだ。しかし、上空掩護はなかった。ロシア軍はカモフＫａ－１３７ヘリコプター一機を観測機として飛ばしていた。無人機一機も戦闘を記録していた。

「教科書どおりだ」イェルショーフはひとりごとをいった。「隠れられるときには隠れる。敵が慣れておらず、自分たちが慣れている地形で、複数のターゲットになる」

ロシア軍の先鋒の戦車隊が、用心深く進むべきなのにそうしていないことに、イェルショーフは目を留めた。それがノヴィコフ将軍の流儀なのだ。さっさと目的地へ行け――ターゲットに到達し、激しく攻撃し、予備燃料も使い尽くして、敵が攻撃する前に戦意をくじき、殺し、叩き潰せ。

ロシア軍にとって不運だったのは、無人機が送る即動可能データが、地形の干渉によって届くのが遅れたことだった。樹冠が信号を妨害し、森林地帯の重要な区域が陽光の反射でよく見えなかった。逆に、ウクライナ軍戦車部隊は、最近ドイツから購入したアルテア製の無人機で敵を見通し線に捉えていた。森林のない二キロメートル東で高度一万四〇〇〇メートルを飛行していたアルテア――アメリカ軍のプレデターＢの改良型――は、国境のロシア側の松林から出てきて西へと殺到する戦車をくっきりと撮影していた。

そのとき、彼我(ひが)の無人機がハエの羽音のような音をたてて上空を飛んでいるあいだに、地上では戦闘が開始された。ウクライナ軍戦車との距離が一万二〇〇〇メートルになったところで、ロシア軍のT‐90戦車は傾斜を下りはじめ、主砲の砲口が下を向いて、百秒のあいだ有効な射角を得られなくなった。クリモーヴィチは、敵戦車六両が斜面を下りはじめるまで待ち、壊滅的な被害をあたえられる射撃を開始した。

イェルショーフは、最初に見たときには感じた胸のむかつきをもはや感じずに動画を見守った。ロシア軍戦車部隊は、側面に痛烈な打撃をこうむっていた。イェルショーフは、何度も見た〝狐〟の戦いぶりをじっと観察した。

「姿を現わしたときには、おまえは敵部隊が分散して展開するように仕向ける。だが、その前に最初の一斉射撃を浴びせる」イェルショーフはつぶやいた。

音声は破壊の画像とおなじように遠かった。D‐10T施綫砲(ライフル)は、距離一〇〇〇メートルから一〇〇ミリ砲弾を一秒間に一発ずつ轟然(ごうぜん)と発射していた。有効射程内での砲撃なので、戦車六両からチャコールグレーの煙が憎々しい悪魔のように勢いよく噴き出し、その根元では鋼鉄の車体を鮮やかなオレンジ色の閃光が染めていた。戦車は傷ついた獣のように跳ねたり方向を変えたりしていた。半数が完全に停止し、あとの半数はキャタピラが損傷して、操縦できなくなっていた。撤退できる戦車は撤退した。

撤退できなかった戦車で生き残った若い乗員は、ウクライナのザムコワ刑務所で長期刑をつとめるはめになった。

「そして、嘆かわしいことに、これによってひとりの男が失脚し、べつの男が昇進した」

　イェルショーフは三年前に、ニコライ・ノヴィコフ大将の後任として、西部軍管区司令官の座についた……それから三年の長きにわたり、イェルショーフは、ロシア軍戦車部隊の屈辱的な大潰走の屈辱をそそぐ機会を待っていた。この地位に着任したときに見たノヴィコフの表情は忘れられない。戦闘中に砲塔のハッチが手の上で閉じて、ノヴィコフは指二本の一部を失っていた。その後、手袋をはずしたことは一度もない。しかしながら、手袋のせいで、二度ともとには戻らない戦士の手が注目されてしまう。

　三年のあいだ思念のなかを這(は)い進めさせていたその機会をものにできるだろうかと、イェルショーフは思った。

　その動画は、自信過剰が失敗に通じることをありありと示していた。どちらもいままでイェルショーフには無縁だった。イェルショーフは、最初のクリミア侵攻のとき、ノヴィコフのもとで戦術・兵站幕僚をつとめ、現代の小規模戦の戦いかたの特色を述べた公式報告書を書いた。その指針をノヴィコフは高圧的に無視し、敵の臨機応変の能力を情けないくらい見くびった。

イェルショーフは、この機会にその過ちを正して——。

広い司令官室のドアが静かにあき、現われた先任の中尉のシルエットが暗がりに浮かびあがった。

「将軍、車列が到着しました」若い中尉は静かにいったが、興奮しているのが声でありありとわかった。イェルショーフはうなずいてわかったことを示し、ドアが閉まった。イェルショーフは立ちあがった。大きな手でオリーヴ色に赤のパイピングの立派な軍服の前と脇を払った。デスクから制帽を取り、小脇に抱えて、ゆっくりとデスクをまわった。ふだんの自分なら感じないような期待がこみあげて、下腹が熱くなった。これまでの人生で経験したどういう瞬間ともちがう……ほとんどの人間が味わうことのない瞬間なのだ。

ブーツのヒールが静かに絨毯を踏み鳴らし、築二百年のネオクラシックの雄大な建築の明るい廊下に出ると、その音が高くなった。くだんの中尉が待っていて、イェルショーフに従い、ふたりで一階のタイル敷きのホールを進んで、メインエントランスへ行った。

イェルショーフとうしろの中尉が気をつけの姿勢をとったとき、メルセデス・ベンツSクラスのストレッチリムジンが、他の車両四台と騒々しい警察の警護車両に挟まれて停止した。メインエントランスの明るいスポットライトを浴びたリムジンが、磨かれた石炭のように見えた。なめらかな形のリムジンは装甲がほどこされ、強化されたタイヤをはき、ボンネットの助手席側には、ロシア帝国の双頭の鷲を思わせる模様をあしらった金属板の旗が立っている。鷲は権力の象徴である球と笏を鉤爪で握っている。イェルショーフが指揮した多くの戦車とは異なり、この装甲車両はロケット弾の直撃にも耐えることができる。

ロシア連邦軍の戦車乗員の多くとは異なり、この地域の国民数百万人は、この国有車に乗っている人物の死を願っている、とイェルショーフは思った。

警官やダークスーツを着た男たちが、それぞれの車から跳びおりて、アサルト・ライフルを持ち、周囲に目を配りながら、装甲リムジンを取り囲んだ。だいたいが見せかけ——あるいはリムジンに乗っている人物の虚飾だった。この訪問のことはだれも知らないし、今後もごく少数の人間にしか知らされない。報道陣がいないことに、イェルショーフは気づいた。政府のカメラマンもいない。クレムリンの報道官ヴァレンティーナ・ザーロワも来ていない。

ロシア連邦国防大臣マクシーム・ティモシェーンコが姿を現わすのを、イェルショーフはエントランスから見ていた。ティモシェーンコが無表情で――つねにそういう表情なのだ――まっすぐイェルショーフを見てから、リムジンの後部をまわった。それと同時に、見慣れた姿が、警護班があけたドアからゆっくりとおりてきた。身長一七〇センチの体に、色も艶も砲金そのもののテイラーメードのスーツを着ている。ジャケットを着ていても、フィンランド湾から吹く晩春の風はひんやりと感じられるはずだ。ネクタイはしておらず、その顔は本人がかねてから称賛している絵画『聖母マリアを描く聖ルカ』の聖ルカのようにやさしげに見える。ボタンダウンのシャツは襟のボタンをはずしている。〝わたしがここにいるのは重要な用事があるからだが、公式訪問ではない〟ことを、それが明確に示していた。

ウラジーミル・プーチン大統領がティモシェーンコを従えてはいってくると、イェルショーフは、力強く敬礼した。プーチンとティモシェーンコが答礼し、つづいて三人は握手を交わした。プーチンは、はじめて会ったイェルショーフの肘を握った――これからイェルショーフに絶大な名誉が授けられる。

サンクトペテルブルクにやってきたのは、ほかでもない――命令書を残さず、完全に関与を否定できる形で――イェルショーフがずっと具申していた行動方針を承認するためだった。サンクトペテルブルクをわざわざ訪れたのは、秘密保全のためでもあった。ティモシェーンコは、〝フルシチョフの古い田舎の別荘（ダーチャ）とおなじくらい漏れ（リーク）がひどくて危険〟な国防省を立て直している最中だった。つい最近も、テロ対策部門の通訳ふたりがウクライナのスパイだと判明したばかりだった。

　プーチンが片腕をのばして、自分よりも背が高いイェルショーフの肩を叩いて向きを変えさせ、ティモシェーンコがその横に並んだ。そこで、存在がほとんど認められていなかった中尉が、三人をイェルショーフの司令官室に案内した。四人の足音が、メーデーの赤の広場で軍隊が行進するようにカッカッと響いた。あらたな戦争に備えている男たちの足音は、時空を超えて廊下にこだました。

8

ヴァージニア州スプリングフィールド
フォート・ベルヴォア・ノース
オプ・センター本部
六月二日、午後二時二十二分

ロシア人との電話を終えたとき、ダグラス・フラナリーの声はかなり感情的になっていた。

「わたしにこういうことをさせた理由を、だれか説明してくれないか?」フラナリーが、語気鋭くきいた。

チェイス・ウィリアムズがドーソンに、会話をつづけたほうがいいということを目顔で伝えた。ドーソンは携帯電話を膝に置き、汗ばんだ手をハンカチで拭いた。

「大使、ロシア軍戦車部隊を監視しているのをロシア側に知らせたいとウクライナ側が考えていることを示す情報を、われわれは見つけたんです――もっと具体的にいうと、それらの戦車部隊が配置されている拡張された基地三カ所のうちの一カ所です」

「危険極まりないとわかっているのに、そういうことをやる理由は？」フラナリーがきいた。

「われわれは、それを突き止めようとしているんです」ウィリアムズはいった。

「それは――どういうたぐいの情報だ？」フラナリーがきいた。

「あるゲームのプログラムを見つけました、大使。いまはそれしかいえません」ウィリアムズはいった。秘密情報を伝えるかどうかは、ウィリアムズが決めることだった。

「きみたちがまちがっていたらどうする？」フラナリーがいった。

「われわれは突き止めたんです」ドーソンがいった。「まちがいない。やつらはさらなる情報を得ようとして一度殺人を犯した……そこでやめることはないでしょう」

「やつらはコンピューターゲームから情報を拾い集めて、そのためにガリーナを殺したのか？」フラナリーが、信じられないという口調でいった。

「そう考えられます」ドーソンはいった。「さもなければ、ミズ・ペトレンコがいったクレムリンの潜入工作員を拷問して情報を得たのかもしれない」

「断片的な情報ふたつが、おなじ場所を示しています」ウィリアムズはいった。

「ガリーナは……ニューヨークにいるスパイはいつもなら――かなり協力的だというようなことをいっていた」フラナリーがいった。「きみたちのいうとおりにちがいない」

「ロシアの細胞(セル)とウクライナの細胞(セル)の関係については、情報部の人間のほうがうまく説明できると思います」ドーソンは、ポール・バンコールのほうを向いた。「われわれのためにも頼む」

バンコールは、状況を把握してはいなかったが、ドーソンに促されて話をはじめた。

「情報機関の細胞は、組織犯罪の構成員とよく似ています――敵対する勢力の末端を間引く必要があると考えて小競り合いをする。そうでないときには、暗殺に関して具体的な方針がある――たとえば、われわれが〝血筋〟と呼ぶものを葬り去る。つまり、特定のチームを皆殺しにする――双方とも耐えられなくなるまで、その応酬がくりかえされる」

「これはその〝血筋〟のような感じだな」ドーソンが、結論をいった。

「それなら、その組織の上部か下部の人間を好きなように選んで殺(や)れば、相手方は警戒するはずだ」バンコールはいった。「たちどころに」

「知らないんだ」フラナリーがいった。「なんということだ。ガリーナは、わたしが
さっきあの男にいったようなことをロシア側に漏らしておけば、死なずにすんだんだ。まったくの無駄死にだ」

「大使、われわれには全体像がわかっていませんし、ロシアがほかになにを捜しているかもわかっていない」ドーソンはいった。「ポールがいったように、ずっと前からくすぶっていた縄張り争いかもしれない」

「冷たいと思われるかもしれないが、もうすんだことだ」ウィリアムズはいった。

「これからなにが起きるかを話し合わなければならない。大使、このまま電話をつないでおいてもかまいませんか？」

「一助になるのであれば」フラナリーが、きっぱりといった。

「たいへん助かります、ありがとう」ウィリアムズは答えた。

フラナリーの低くて抑揚のない悲しげな声のせいで、長官室にはすこし暗い雰囲気が漂っていた。ウィリアムズは身をかがめて、ボトルドウォーターを取り、キャップをあけてごくごく飲んだ。掌（てのひら）が濡（ぬ）れていたが、口は渇いていた。アンの言葉はまちがっていた、この世界はいまもあたりまえの調和など守られていない。

「チェイス」アンが、タブレットを腕にかかえていった。「一般項目として進めるの？　それともアーロンの作業に加える？」

「新項目にする」ウィリアムズはいった。

それで全員が、警戒態勢を一段と強めた。脅威が拡大しているとウィリアムズが思っていることが明らかになったからだ。全員がそう思ってはいたが、いま公式な態勢になった。

「可動部分（ムーヴィング・パーツ）が急に増えました」ライトがスマートフォンを見おろしていった。「これまで話し合ったことよりも、だいぶひろがっています」スマートフォンをふって、ウィリアムズの顔を見た。「NYPDの対テロ警報が出ました。殺された女性の傷口が、去年、チャイナタウンでエストニア人外交官が殺された手口と一致したようです」

全員がその情報を頭のなかで処理していると、フラナリーが口をひらいた。

「マールテン・ラフトだ」フラナリーがいった。「あけすけな発言をする猛烈な反プーチン派だった」

「一匹狼の犯行なのか、それともつながりがあるのか？」ウィリアムズは疑問を口にした。

「殺人犯は見つかっていません」国内危機管理官のライトが答えた。「でも――ちょっと待って」ライトはスマートフォンになにかを打ち込んだ。「でも、われわれに判断できる限りでは、ラフト氏は金で雇われた刺客に殺されたのではありませんね。殺人請負の情報源が知らないといっています。その殺人の検屍結果は」なおも打ち込みながら、ライトは読んだ。「なんと——〝レーシング〟の痕跡が残っていたそうです。プラスティックのクレジットカードを光沢のある金属のように見せかけるための物質です。ウクライナ保安庁の伝手が、クリミアのニキーツキー植物園で殺された男が発見されたあと、鋭利に削ったクレジットカードで殺すロシア人がいることを聞きつけた。殺された男はスタニスラフ・ヴォフクというジャーナリストだった」

「そのジャーナリストは、ロシアの侵攻に反対していたのだろうな」ドーソンがいった。

バンコールはうなずいた。

「つまり、プーチンに忠誠な殺し屋がラフトを殺し、こんどはガリーナを殺した可能性が高い」ウィリアムズはいった。「それでどういうことが考えられる?」

「出発点は」バンコールがいった。「この殺人犯が、世界を股にかけた殺し屋だということです。そして、特定の集団を監視している。おそらく一度にひとつの集団だけを——つまり、報復があるのを警戒している——さらに、独立して行動する自由裁量をあたえられている」

「殺しのライセンスかね」ドーソンがいった。

「ある意味では、そうでしょう」バンコールはいった。「この人物がウクライナの資産（情報機関が工作その他に利用できる個人・集団・装備・施設など。ことに工作員を指す場合が多い）もしくは障害物を消去する任務を引き受けているとすると——」言葉を切った。「失礼しました、大使。人間味のないいいかたをするつもりではありませんでした」

「わかっている」フラナリーはいった。

「わたしがいいたいのは、この殺し屋が世界中を移動していて、各国で活動している他のロシアの諜報員について詳しく知っているにちがいないということです」バンコールはいった。「この男はもっと情報を引き出せる人間を血眼で捜すでしょう。そして——手っ取り早く情報を得ようとする」

「おれが引き受ける」ドーソンが突然いった。

ウィリアムズは、ドーソンをじろりと見た。「なにをだ？」

「ニューヨーク、殺し屋」ドーソンがいった。「そいつを見つけたい」

「なぜ？」

「なぜ？　国際および国内危機対応の主管として——」

為だ。

「ブライアン、職務要項はわたしが書いたんだ」ウィリアムズはさえぎった。

アンが、ドーソンを睨みつけた。規定を長官に向かって唱えるのは出過ぎている行為だ。

「わかった」ドーソンがいった。つぎはよく考えてから言葉にするつもりだった。本部が狭苦しく思えてならないというのが本音だった。ここでじっと座って考えているよりも、ニューヨークへ行って行動したかった。カロライナ――かつては彼女のせいでどこへでもいいから逃げたくなったものだ。そういう気持ちはいつしか去ったが、いまも現場に戻りたくて矢も楯もたまらなかった――どんな現場でもいい。

「それで……？」ウィリアムズは問い詰めた。

「われわれはこの一件の根源を見つけなければならない」ドーソンは、こんどは思慮深くそういった。「アメリカの外交努力の及ばないような、いかなる権益が脅かされているのかを、たしかめる必要があります。殺人者はおそらく、ＮＹＰＤやＦＢＩの基本的な活動の仕組みをすべて知っているでしょう。やつを不意打ちできるかどうか、やってみたいんです。われわれは噂情報（RUMINT）しか手に入れられないかもしれないが、噂やゴシップでも重要なことがわかる」

ウィリアムズは、瞬時に決断した。元第5特殊部隊群群長のドーソンは、熱心なあまり落ち着きがないが、現場ではきわめて優秀だった。それに、ドーソンを外に出しても、アンやその他の幹部がいる。オプ・センターは人員に余裕がないかもしれないが、複数の仕事をこなす、すばらしい人材がそろっている。

「マイクを連れていけ」ウィリアムズはいった。

ドーソンは、眉をひそめた。「目立たないようにやる必要がありますよ。彼は私服を着ていても、休暇中の兵隊そのものだ」

「目当てのものを見つけたときには、まさにそれが必要になる」ウィリアムズは、それで引き受けるか断るか、ふたつにひとつだという表情を向けた。「それに、きみたちには曰(いわ)く因縁がある」

「ウクライナとロシアとおなじように」ドーソンがいった。

「マイクに報(しら)せるわ」ドーソンに反対する隙(すき)をあたえずに、アンがいった。

ノースカロライナ州フォート・ブラッグを本拠とする統合特殊作戦コマンド(JSOC)チーム指揮官マイク・ヴォルナー少佐は、ウィリアムズが命じる軍事作戦すべての部隊編成と展開を担当している。

フラナリーとの電話を切る前にドーソンは、オフィスにいつまでいられるかと質問した。

「いつもは六時ぐらいに退勤する」フラナリーが答えた。

「こちらから連絡するまで、待ってもらえないだろうか?」ドーソンはきいてから時計を見た。「そのころまでに、そちらの近くへ行けるはずです」

「待つことにする」フラナリーはいった。「ありがとう」

ドーソンはフラナリーに礼をいって、電話を切った。

ドーソンとアンが出ていくと、ウィリアムズは各部の問題と、幹部との一般的な日常業務を検討した。かつてドーソンがいったように、〝たとえ危機の最中でも、官僚機構は仕事をやりつづける〟のだ。

廊下に出ると、アンはドーソンのほうを向いた。「あなたがなにを考えているにせよ、かなりややこしい状況なのよ」

「ああ、いろんなことが進行しているが、だからといって、二十九歳の四〇MM（マイク・マイク）なしでおれにやれないわけがないだろう」ドーソンは文句をいった。

ドーソンがヴォルナーの名前をM-16に取り付けるM-203四〇ミリ擲弾（てきだん）発射器になぞらえたのは、戦闘経験が豊富な若手将校のヴォルナーが、傍目（はため）には荒っぽいと思うような戦いかたを好むのをこきおろすためだった。

「長官があなたのためを思ってそうしたとは思わないの?」アンはきいた。

「どういうふうに？」

「さっきタンクを出たあとで、長官はわたしに、マイクとＪＳＯＣチームに待機を命じるようわたしに指示したの」

「ニューヨーク向けに？」

アンはうなずいた。「あなたはムーア上級曹長を差し置いて志願したことになる。彼はブルックリンに家族がいるのよ。不愉快に思うでしょうね」

ドーソンは、顔をしかめた。「わかった。おれのしくじりだ」

「そうよ」アンはいった。自分のタブレットを指差した。「ほかになにかある？　ニューヨーク行きの便を旅行会社に手配しないといけないのよ」

「ないよ、すまん。ありがとう」成句になっているかのように、ドーソンがつづけていった。女性が議論の余地なく正しいときにいらいらするのは、悪い癖だった。またやってしまった。

「出発便の情報がわかったらメールするわ」アンがいった。

ドーソンがぎこちない笑みを浮かべて離れたとき、あとの幹部がウィリアムズの長官室からぞろぞろ出てきた。二、三人ずつ話し込んでいたが、ドーソンと仲がいいライトだけは、電話をかけていた。長官室を出てドアを閉めたライトが、ドーソンに親指を立てて見せた。ライトはいつもそうやって親しみを示すのだが、いまはそれがドーソンには命綱のように貴重だった。

急に気が静まり、ドーソンは向きを変えてエレベーターに向かった。

9

ロシア、サンクトペテルブルク
六月二日、午後八時三十三分

広い会議室は鏡板張りと大理石の床で、油絵や骨董品（こっとうひん）の地球儀が飾られ、頭上の照明は蠟燭（ろうそく）の光を思わせる琥珀（こはく）色だった――歴代ロシア皇帝と彼らの悪行の遺産であることがあまり強調されないように工夫しつつ、昔日に敬意を表している。

プーチンは、イェルショーフに先にはいるように促し、国防大臣が最後にはいってドアを閉めた。長方形の瘤材（バール）テーブルの三カ所に水のグラスとクリスタルのデキャンタが置いてあった。ウラジーミル・プーチンは、まっすぐに上座（かみざ）へ行った。プーチンが左右に腕をのばすと、全員が同時に着席した。将校たちの無言の敬意と、リーダーの無言の命令を表わす行為だった。

イェルショーフは、いままで経験したことがないほど心を躍らせていた。若くて頼りなげなときに結婚し、戦闘に参加し、サユーズFGブースターが発射台から飛び出して搭乗員を宇宙へ運ぶのを見た将軍――歴史を間近に目撃してきた軍人が、いまここで周囲の世界が回転しているような心地を味わっていた。一年前にプーチン大統領がロシア連邦議会で行なったナチスドイツの対ソ軍事侵略七十五周年記念演説を、イェルショーフは何度もくりかえし聞いた。プーチンは、イェルショーフのような軍人向けの言葉として、「NATOは攻撃的な発言と、われわれの国境付近での攻撃的な行動を強めている。このような状況のもとでわれわれは、わが国の戦闘即応性を強化するという課題を打開するために、格別な注意を払う義務がある」と述べた。

だが、プーチンのナショナリズムやカリスマ性や姿勢だけに感動したわけではなかった。プーチンが権力をものにしたのは偶然ではない。イェルショーフがこれまで経験したどんなものにも似ていない、肉体と精神の特質がもたらしたのだ。

それぞれの座席にはメモパッドがあったが、電子機器はなかった。監視カメラもない。この会議はオフレコであるだけではなく、だれにも知られていない。〝法に従う〟とか〝悪辣な〟というような考えかたは、ここにはない。あるのは〝政治〟だけで、それがひとりの男の手に握られている。

　プーチンが両腕をテーブルに置いて手を組んだ。その手を見おろす。「故郷に帰ってくるのはいいものだ」ぼそりといった。かすかに顔の向きを変え、イェルショーフに向けて話しかけていることを示した。「わたしはここで生まれたのでね」

「そうでしたね、大統領」

　プーチンが、自分の手を見てから、掌をテーブルに置いた。「将軍、灰色の狼作戦についてのきみの公式報告書をすべて読み、上級補佐官たちと検討して、戦力整備の戦略的強化を優先し、強襲段階を延期することにした」

　ティモシェーンコ国防大臣の下顎（したあご）のたるんだ顔の表情は変わらなかった。イェルショーフは見るからに顔をこわばらせたが、黙っていた。

　プーチンは、鋭い視線を動かさなかった。命令が理解されるまでひと呼吸置いてから、話をつづけた。

「第二次世界大戦中、わたしの父はレニングラードからそう遠くないネヴァ川沿岸に配置されていた——マクシーム、父がそこで負傷したのを知っているだろう」

「ほんとうに、たいへん勇敢なかたでした」国防大臣が重々しくいった。「兄上もそうでしたね。レニングラードで。彼の雄々しい魂が安らかに眠りますように」

　プーチンがほとんど聞こえないような小声で「ありがとう」と答えてから、イェルショーフのほうを向いた。「父は、パトロールが木立や岩に身を隠して輪を描くように行進したと話してくれた。ネフスキー・ピャタチョーク（レニングラードの五〇キロメートル東南東にあったネヴァ川の橋頭保。〝ピャタチョーク〟は「五カペイカ硬貨」のことで、「狭い地域」の意味）の防備をじっさいよりも厳重なように見せかけるためだ」人差し指でテーブルの天板を指差して輪を描き、にやりと笑った。「ギリシャ、ローマ、ペルシアが使った昔ながらの戦術だ――だが、無用の衝突を避けるには有効だ」プーチンは、揺るぎない目でイェルショーフを見た。「無用の」くりかえした。「戦闘が必要であるときには、逡巡（しゅんじゅん）や退却があってはならない」

くつろいでいるかのように、プーチンが背をそらしたが、寒い夜にとぐろを巻いている蛇のようなぎくしゃくした動きだった。

「抵抗を受けずにウクライナに侵入したい」プーチンはつづけた。「スッジャのわれわれの部隊の軍事的存在（プレゼンス）がきわめて優勢に見られれば、戦う必要がなくなるだろう。ああ、たしかにわれわれには、突入できるような戦車と兵員と砲兵がある。だが、未来の戦争は心理戦だ。巧みな配置、二十四時間態勢の活動、兵士の士気がきわめて高いのを見せつけることで、スッジャが濃い影を落とすようにする。完全な暗黒地帯（ダーク・ゾーン）を創りあげ、だれであろうとわれわれに挑むのを怖れるよう仕向ける。そうしておいてから、なんの支障もなく進撃する。核の時代の相互確証破壊（MAD）とはまったく異なる。敵が完全な〝確証破壊〟に怯えて暮らし、われわれのプレゼンスそのものが敵を降伏させる。戦闘のない戦争、損耗のない征服だ」プーチンは、右こめかみを叩いた。「頭脳による攻城戦だ」

「われわれのような古い戦士には受け入れづらい考えかただな」ティモシェーンコが、イェルショーフに向かっていった。「しかし、この手法には賢明なところがある。勇敢だ」

「それに、輝かしい戦果になる」プーチンが、芝居がかったしぐさでいった。「世評と威圧で勝利を収めるのだ」

イェルショーフは悟った。プーチンはそういうふうに見せしめで恫喝して、権力をものにしたのだ。一九九九年にプーチンが大統領に就任すると、ありとあらゆるたぐいの敵が叩き潰された。何人もが投獄され、暗殺された。軍事面でも、シリアやクリミアでプーチンは冷酷非情な態度を示した。それらの冒険的な政策には過大な代償があったことを、イェルショーフは知っていた。年金が戦費に流用され、外国の経済制裁がつづいた――だが、ロシア人は何度となく国家のために苦しみに耐えてきた。これからもそうするだろうと、イェルショーフは決めてかかっていた。

それは自分の思いちがいか？

「将軍」プーチンが話をつづけた——父親めいた口調になっていた——。「きみにスッジャへ行って、それを実現してもらいたい。士気を高め、西の地平線に目を配る。いまにも戦争がはじまるという雰囲気で、訓練をつづけなければならない。そしてもちろん、戦争がはじまったときには、われわれは準備が整っている」プーチンは、国防大臣のほうを向いた。「マクシーム、つけくわえることはあるか？」

「万事漏れなく述べられたと思います」ティモシェーンコの黒い目が、イェルショーフに据えられた。「ただ、あえてつけくわえるなら、われわれの行動と意図について敵の目をくらますために、われわれはきわめて強力で積極的な段階に踏み出しています」

「そうだ」念を押されたことをよろこんでいるかのように、プーチンがいった。「海外のわれわれの工作員たちは、重要な情報源を封じ込めている」

「それにはもっともな理由がある」プーチンの話が終わったと確信すると、ティモシェーンコがなおもいった。「ＧＲＵのサイバー監視本部が、われわれの基地に対する陰謀と思われるものを突き止めた——クレムリンにいたスパイがわれわれの機甲部隊の展開を知っていたことから判断して、スッジャが狙われている可能性が高い」

ロシア軍参謀本部情報総局（グラーヴノエ・ラズヴェードウイヴァーチエリノエ・ウプラヴレーニエ・ジエネラーリノヴォ・シユターリ）、略して情報総局（ＧＲＵ）は、ロシア最大の情報機関だ。サイバー監視本部（CSD）は、最低十年勤務することを条件に大学の学費を免除された若い男女のチームを高齢の官僚が仕切っている組織だった。徴集兵のつねとして、仕事に対する熱意は弱かった。ロシア軍兵士の八〇パーセントは、自分の仕事に無関心で、たとえばバルハシのような僻地（へきち）のレーダー基地やロケット弾・砲兵装備を備蓄している第７０１８基地での業務は、まったく信頼できなかった。

「若手だが熟練した兵士が、ＦＢＩとＣＩＡのオンライン採用願書を精査して、提出書類に埋め込まれていた動画を発見した」ティモシェーンコがいった。「基地への強襲が描かれ、われわれの装甲車両と戦車が克明に描写されていた」大柄な国防大臣は、肩をすくめた。「ありきたりの技術者なら、たいしたものではないと思い、動画のことをファイルに記録してすませていただろうが、その兵士は動画を作成した人間の身許を調べた。チンギス・アルタンホヤグという男で、アメリカのスタンフォード大学を卒業したばかりだとわかった。ウランバートルの出身で、父親はエネルギー省の高官だ」

「モスクワの友人ではない」プーチンがつけくわえた。

「そうですね」ティモシェーンコが相槌（あいづち）を打った。「いまその父親のことを調べているが、それはさておき、重大事が起きたときに対応できる場所に、要（かなめ）となる人物をただちに配置する必要がある」ティモシェーンコが、イェルショーフに敬意をこめてうなずいた。

イェルショーフは、賛辞に軽く叩頭して応じた。その瞬間まで、これが降格ではないという確信はなかった。軍隊は理解に苦しむようなやりかたで組織を刷新することがある。結果的に愚かだったノヴィコフ将軍の大胆な行動を、国防省は懐かしがっているのかもしれないと、イェルショーフは危惧していた。プーチン政権にはそういう移り気なところがある。おなじ週のあいだに、プーチンは、無鉄砲なやりかたを望むこともあれば、着実なやりかたを望むこともある。

ティモシェーンコが、イェルショーフをじっと見た。「なにか質問はあるかね、アナトーリー？」

「さっきおっしゃいましたように」イェルショーフは、うつろな声で答えた。「大統領も大臣も、万事漏れなく説明してくださいました」

「では——すこし案内してくれるかな？」プーチンは、イェルショーフにいった。

「十時に晩餐会があるのだが、この建物に来たのは久しぶりだ」

三人は立ちあがり、イェルショーフはドアのほうを示した。中尉が会議室の外で待っていて、三人のあとをついてきた。イェルショーフは、アーチ状の凱旋門について豊富な知識で説明した。一八一二年の戦争でロシアがナポレオンに対して勝利を収めたことを叙事詩的に表現している彫刻が、アーチの上にある。

だが、イェルショーフの声と態度は、急に控え目になった。この軍事行動は無謀で危険な賭けだと思っていたが、イェルショーフはそれについてなにも意見をいえなかった。衛星や無人機、サイバーハッキング、カメラ付き携帯電話の時代なのだから、プーチンの提案は兵站面から実行不可能だった。それに、武威を誇示するための部隊移動が暴かれたときには、何年も前からの風評どおり、ロシアに戦争を続行する財源がないことが明らかになってしまう。ティモシェーンコは優秀だが、所詮官僚だった。どういう反応を示すかは最初からわかっていた。それに、じかに顔を合わせると、プーチンはテレビや公衆の前よりも精力的で自信にあふれているが、自分の言葉に確信があるのか、それとも不利な状況——あるいは苦境——を都合がいいように糊塗して長々と述べたのか、イェルショーフには判断がつかなかった。

車列は到着から一時間近く過ぎてから出発した。プーチンは去り際にイェルショーフと心のこもった握手を交わし、自信満々の笑みを浮かべた。いずれもイェルショーフ本人すら予想していなかった効果があった。成功させたいという気持ちになったのだ。だが、司令官室に戻り、自宅に電話して、これから帰ることと、スッジャに行くことを妻に告げたとき、イェルショーフの頭にはべつの考えが浮かんでいた。

クリミアで自分はあらたな軍の顔になるのだと気づいた。この灰色の狼作戦（改）が失敗し、ウクライナ人が依然として反抗的なままだったら、自分の名声と軍歴が危うくなる。

プーチンと、降格された前任者のことを考えたとき、イェルショーフは突然、超人的な力が自分に備わったことに気づいた。ノヴィコフ将軍の轍（てつ）を踏みはしない。イェルショーフの天性の強い決意は、プーチンの魅力、魔力、カリスマ性――なんであろうと彼が残していったものによって、ウランのように濃縮され、かならず成功するとほぞを固めていた。

敵に銃砲が向けられることはない。特殊作戦部隊が敵の後背にパラシュート降下することもない。無人機（ドローン）が国境を越えることすらない。なぜなら、そういったことはすべてクリミアと結びつけられるからだ。そして、アナトーリー・イェルショーフ大将は、これから何世代もの心理戦の決め手となるようなウォーゲーム（現実に近い状況で行なわれる模擬演習）を国境付近で行なう。

10

ウクライナ、ポルタヴァ州セメニーフカ
六月二日、午後八時四十五分

　そこは無作為に選ばれたのではなかった。

　ウクライナのポルタヴァ州にあるセメニーフカという町が十六世紀に成立したときには、馬と乗り手の宿場にすぎなかった。いまその駅(うまや)は、ウラジーミル一世とキエフの黄金時代が訪れては去った名残りの、もの悲しいぬかるんだ寂寥(せきりょう)とした町と化している。

　キエフ大公ウラジーミル一世は、名高いリューリク朝の子孫だった。生まれ故郷のロシアの身内同士の抗争から逃れたスラヴ系ロシア人が、キエフにあらたなきわめて強力な帝国を樹立した。紀元九八〇年から四世紀にわたってその帝国は栄えたが、ポーランド・リトアニア共和国がキエフ大公国と激しく戦い、ウクライナは分裂して、外国の王朝に代わる代わる翻弄(ほんろう)されつづけた。

伝説上の王やその王国を築きあげた後継者たちが他国からの移住者であったために、領有権争いは現代までつづいた。

だが、セメニーフカは駅(うまや)として存続し、その周囲に町ができて、穀物と製糖所と製粉所の農業の町としてずっとつづいている。町の紋章は豊作の小麦とたわわに実をつけたサクランボで、町自慢の産物の香りがする大気は健康にいい。六千二百人の町民は勤勉で、ほとんどがウクライナ政府に忠誠で——熱烈な愛国者も多く——しばしば、国旗のブルーと黄色をあしらった服をふだんから着ていた。

セメニーフカの中心部に、三階建ての角張った建物がある。桃色の煉瓦(れんが)造りで、窓と窓のあいだに茶色い煉瓦があしらわれている。中央だけが四階建てで、おなじ桃色の煉瓦造りだが、鮮やかなブルーの煉瓦が正面に五本の横縞(よこじま)をこしらえている。中央の塔の上のほうにモザイクがあり、立てた剣の手前に重ねた楯に太い赤い星が描かれている。それが地元警察の紋章だった。

屋根から下を照らしているスポットライトひとつと、近くのシェード付き街灯だけが、夜間の照明だった。公共の場での飲酒と、たまの反ロシア抗議行動を取り締まるくらいで、警察は昼間も夜も、緊急事態に対応する必要はほとんどなかった。この見捨てられた町はいま、東のロシアや西のキエフで起きている混乱とはまったく無縁だった。だが、完全に孤絶しているわけではなかった。

警察署の三階には、メインストリートを見おろすオフィスがあった。フォレストグリーンの塗装は色褪(いろあ)せ、リノリウムには水の染みができていた。傷だらけであちこちが欠けている焦茶色の古いデスクがある。第二次世界大戦中に破壊された学校の教室から持ってきたものだった。そのデスクに、不格好で重いダイヤル式黒電話機、灰皿、スマートフォン、マックブックが置いてあった。隅の窓の下には、使用可能なレコードプレイヤーがあって、壁からスピーカーがコードでぶらさがり、古い真鍮(しんちゅう)の棚にLP——シナトラ、アズナヴール、一九七〇年代の地元ウクライナのアーチストのレコードがあった。いまそのプレイヤーで、一九七〇年代の先鋭的なフォークグループ、コブザのデビューアルバムのA面が演奏されていた。

いまはそれがもっとも似つかわしいように思えた。

デスクの奥の硬い木の椅子に、長袖(ながそで)のブルー斑(ぶち)の迷彩服——それがいつもの服装——を着た男が、身をこわばらせて座っていた。迷彩服は半サイズ小さく、三十三歳の将校の鍛えて引き締まった体格にぴったりだったが、胸のところに灰が散っていた。

その男は丸顔で浅黒く、コサック風の長い口髭をたくわえ、白髪交じりの髪を短く刈っていた。目は茶色で……涙に濡れていた。

男は頑なにスマートフォンに目を向けようとしなかった。今夜、それは敵、悪魔、邪悪なものだった。タラス・クリモーヴィチ少将は、友人で忠実な同志だったガリーナ・ペトレンコがむごたらしく殺されたことを、そのスマートフォンで知らされた。ガリーナは殺される前に、元上司のダグラス・フラナリー元大使と、慎重に計画した連絡がとれたと、クリモーヴィチに報告していた。リトヴィンの痛ましい報告は、コンピューターでニュースを一瞥して裏付けられた。

「何年もの闘争でわかっていたことだ」クリモーヴィチは、何度も自分にいい聞かせた。「確実なことはひとつもない」

それでも、ガリーナを失ったのはつらく、計り知れない損失であることに変わりはなかった。予想外でもあった。旅客機のパイロットの妻だったクリモーヴィチの妹は、仕事が終われば夫が帰ってくるものと思っていた……だが、ある日、夫は帰ってこなかった。それとおなじだ。危険を伴う職業では、それまで生きてきたのが天の配剤だったことを突然悟り、その重荷に身動きできなくなり、その現実に茫然とする。

そして、やがてゆっくりと真実が根をおろす。

クリモーヴィチ少将は、前にも戦車戦や監視任務で仲間を失ったことがあったが、刺客に殺されたものはいなかった。最悪なのは、戦争とはちがって、用心深く移動する時間があり、防御手段を講じるのが可能だったことだ。ただし、状況を甘く判断していると、そういったことをなおざりにする。

そういうときに、捕食者はおまえやおまえのチームに襲いかかる、とクリモーヴィチは心のなかでつぶやいた。

クリモーヴィチが司令部ではなくここにいるのは、用心のためだった。電話、無線機、メールは使わず、伝書使で連絡をとる。怖れているからではなかったし、自分のほうが重要だと部下に思われたくはなかった。そうではなく、そういった暗殺を防ぐために護衛をつけると、莫大な時間と人手が必要になるからだった。そのため、クリモーヴィチはこのオフィスを使っている。一階と二階には警官がいるし、うしろは煉瓦の壁で、デスクのいちばん上の引き出しにはフォルト２２４アサルト・ライフルがはいっている。イスラエル国防軍が使用しているブルパップ式小型アサルト・ライフルをウクライナがライセンス生産している型で、取りまわしがよく、ウクライナの特殊部隊の多くが採用している。

食事から戻ってきたときに火をつけた葉巻が、灰皿で冷たくなっていた。自分の怒りも冷えるのを待たなければならないと、クリモーヴィチにはわかっていた。仲間の死を悼むのはごく短いあいだにして、殺人を犯した野蛮人どもに復讐しなければならない。その野蛮人どもは、ウクライナに侵攻した。それを撃退したように、こんどもまた撃退しなければならない。

ただし、今回は前回とはちがう。連携した動きに拘泥しているロシア軍の戦術すべてを、意表を突くやりかたで突き崩す。世界のすべての国が瞠目するように、派手にやる。自分がふたたび指揮をとるときには、プーチンのロシア政府が立ち直れないような、すさまじい視覚と心理への影響を引き起こす。

クリモーヴィチは、たどたどしい動きでゆっくりとシャツのポケットに手を入れて、ライターを出した。反対の手で葉巻を持った。そして火をつけた——味わいたいからではなく、命脈を保たなければならないからだった。灯を絶やしてはならない。

いつも嗅いでいる芳香をクリモーヴィチは楽しめなかった。葉巻を吸いはじめたのは、喫煙するほとんどの成人男性が紙巻き煙草を吸うからだった。クリモーヴィチは、紙巻き煙草のにおいが嫌いだったし、葉巻は喫煙につきあいつつそのにおいを消す手段だった。じつはそのために〝狐〟という綽名をつけられた。仲間の将校たちといっしょにいるときに、クリモーヴィチは、おれたちのなかには高価な贅沢品を買える貴族がいるとからかわれた。

クリモーヴィチは、そのときに応じた。「猟犬の群れに狐をまぎれこませるには、一服して注意をそらすのがいちばんいい」

その言葉と、クリモーヴィチが陽動と隠蔽（いんぺい）を組み合わせた戦車戦術を駆使して演習で勝利を収めたことによって、〝狐〟という綽名が定着した。

谷、樹木、長い影に身を潜める。狐。

葉巻をくゆらせながら、クリモーヴィチは優先事項を考えなければならなかった。ニューヨークにいるガリーナの同僚フェディール・リトヴィン——ガリーナが殺されたことを伝えてきた男——は、総領事館に隠れるよう命じられていた。リトヴィンはじっとしていたくなかった。出歩いて殺人者を探したくてうずうずしていた。だが、クリモーヴィチが、しばらくそこから動くなと命じた。考える時間が必要だった。ニューヨーク市警とＦＢＩが殺人犯を追っているはずだし、ひとりだけ残されたニューヨークの諜報員を失う危険を冒すわけにはいかなかった。クリモーヴィチには、ウクライナ対外偵察局（ＳＺＲＵ）を動かす権限がないし、この作戦自体も、貴重な仲間——熊のまわりを旋回する鷹（たか）——を授けてくれた上官数人に内密に賛同されているだけで、正式な承認は得ていない。多兵種によるこの作戦に関わっている人間は全員、クリモーヴィチの理想に傾倒していた。

クリモーヴィチは、任務に鋭敏に集中していなければならなかった。侵略者ロシアを、彼らが予想もしていなかったやりかたで痛烈に先制攻撃するのだ。

クリモーヴィチは、陸上有線の電話機に目を向けた。ガリーナと最後に話をしたときには、その電話機を使った。つぎの行動についてしばらく思案してから、クリモーヴィチは受話器を取り、リトヴィンの番号にかけた。

二十八歳のリトヴィンは、テクノロジーの知識が豊富で、チェルカースイ国立工科大学の学生だったころに、SZRUに注目された。ウクライナ流の空手シンメイドウの黒帯でもあり、貴重な人材だった。七カ月前にこのプロジェクトが開始されたころの〝披見のみ（アイズ・オンリー）（音読・回覧・複写不可の秘密区分）〟の情報日報に、〝リトヴィンはわたしに夢中になっている〟とガリーナが書いていた。それは危険ではなくうれしいことだが、ただし〝わたしの身にもしものことがあったとき、彼は早まった行動にはしりかねない〟と指摘していた。

リトヴィンが、鋭い声で電話に出た。「なにか新しい情報はありますか、少将？」

「きみと話をしてから、だれとも話をしていない」クリモーヴィチは、いつもどおり冷静に答えた。自分の感情や考えをずっと整理していたことは、いう必要がないと思った。

「少将、ここにじっとしていられないんですよ」リトヴィンがいった。「だめなんです」

「容易ではないことはわかっている」クリモーヴィチは答えた。「だが、そうしてもらわなければならないんだ。われわれは貴重な資産、たいせつな友を失った」

「だからこそ、ガリーナがどういう任務をあたえられていたのかを、おれにいうべきでしょう」

「リトヴィン特別諜報員、わたしが読んだニュースによれば、ロシア人はガリーナの電話を持ち去った」クリモーヴィチは説明した。「彼女の接触相手のみがそれに保存されている。ニューヨークでやつらがその人物を見張っていることはまちがいない」

「それなら、おれがその情報源を辛抱強く見張りますよ」リトヴィンがいった。「螺(ら)旋(せん)状に接近し、ターゲットのまわりを移動してから、接近する。おれは怖れていない！」

「怖れていると思ったら、われわれの情報収集の要にはしなかった」クリモーヴィチはそう説明した。「逆に、きみが怖れないからこそ、待てと命じざるをえないんだ」

「少将！」

「やつらは総領事館も見張るだろう」クリモーヴィチはいった。「そんなこともわからないのか！」

「それなら、おれは格好の餌になる」

「フェディール」クリモーヴィチは、それまでの他人行儀な態度を捨てた。「釣りが終わったとき、まだ生きている餌はあるか？」

「魚も死ぬ」リトヴィンが勇まし気にいった。

「たしかに」クリモーヴィチは認めた。「しかし、われわれが仕留めたいのは、ほんとうの大物――ウラジーミル・プーチンだ」

　リトヴィンが黙り込んだ。

「こんな命令に従いたくないだろうが」クリモーヴィチは、なおもいった。「しかし、アメリカの法執行機関がどこまで突き止めるか、見届けようじゃないか。総領事館が調査するのはそのあとだ。総領事館から出るな。まだ時間はあるし、もっと詳しい情報が必要だ」

「作戦のためには、そうですが」リトヴィンが答えた。「時間がたてばたつほど、殺し屋は遠くに身を隠してしまう」

「何度もいうが、目標はロシアだ」クリモーヴィチは、きっぱりといった。「最終日標は熊の心臓だ。目や牙ではない。そこを攻撃すれば、致命傷を負わせることができる」

リトヴィンの粗い呼吸が、クリモーヴィチの耳に届いた。復讐を激しく望んでいるときには、ほかの思念が薄れてしまうものだと気づいた。そうなると、もっと大きな目標が見えなくなり、理性的な言動ができなくなる。クリモーヴィチは、ウクライナが旧ソ連の共和国だったころに、ロシアで長い歳月を過ごした。レニングラードの高等軍事指揮学校を一九八三年に卒業し、南コーカサス軍管区で自動車化狙撃師団の下級部隊を指揮した。一九九六年にはウクライナ軍士官学校を卒業した。そのときに親友のヤキーフ・アンタニュークが、ゲイであることがわかってロシア兵に暴行された。アンタニュークは病院で死んだ。クリモーヴィチは、ロシア兵をひとりずつ殺そうかと思った。軍法会議が公正に行なわれるとは思えなかったからだが、案の定そうだった。ホモセクシュアルでしかもウクライナ人の兵士が死んだところで、ロシア人が銃殺刑になるわけがない。まったく逆のことが起きて、犯人は実刑判決を受けるどころか、アンタニュークが性的に挑発したことになり、懲罰除隊に処するという判決が下された。それから二十年間、ゲイへの憎悪という悪病はあちこちに転移して、政府が黙認する暴力的組織がロシア各地を徘徊してはゲイを襲撃するようになった。

当時、連隊長だったクリモーヴィチは、自分もゲイだと偽って解任を願い出た。二〇〇二年にウクライナに戻り、ウクライナ軍士官学校で教鞭をとった。ロシアへの憎しみを原動力に昇級して、たちまち師団長に任命された。ロシア人を殺す理由がないのはわかっていたが、彼らと戦闘でまみえて名誉の戦死を遂げさせるチャンスがあれば、おおいに歓迎するつもりだった。ロシアとその行動を支える人間に屈辱を味わわせれば、それで満足だった。どんな任務であろうと、怒りではなく忍耐ではぐくむべきだ――〝長い旅路〟だと、クリモーヴィチは表現するようになっている。

「少将、おれは……努力しているんですが、とても無理です」リトヴィンの口からは、そういう言葉しか出てこなかった。

「特別諜報員、われわれは下手人を殺す。約束する」クリモーヴィチはいった。鋼のように冷たい声になっていた。

「どうやって？　そいつが暗闇に姿を消したらどうするんですか？」

「その暗闇を消す」リトヴィンのいうことに一理あるのはわかっていたが、クリモーヴィチはそういった。殺人犯が捕まらない可能性は高い。

また沈黙が流れ、粗い呼吸が聞こえて、ようやくリトヴィンがいった。「ありきたりのことをいわれても信じられないんですよ」

「だったら……私を信じろ」

「努力します……できるだけ」

クリモーヴィチは、リトヴィンに礼をいって、電話を切った。ときには、ただの命令よりも尊敬する上官の思いやりのある言葉のほうが、早まった言動を封じ込める効果がある。そうあってほしいと、クリモーヴィチは思った。だが、確信はなかった。リトヴィンが有能な諜報員になれたのは、ああいう抑えきれない衝動があるからでもあった。若さと、手っ取り早く満足を味わおうとすることと、じかに管理されていないことが組み合わさるのは、危険きわまりない。たいがいの兵士の場合、独自に行動したいという衝動が、酒場や売春窟へ行きたいという欲求をしのぐことはない。だが、自信がある——自信過剰に近い——現場工作員は、たいがいの兵士とはちがう。

クリモーヴィチは、葉巻を灰皿に置き、コンピューターに向かった。〝長い旅路〟と題したファイルをひらき、自分たちが得ている情報の検討を再開して、データの流れが遅れるか弱まってもロシア軍に対する野心的な攻撃を開始できるかどうかを判断しようとした。

もちろん開始できると、クリモーヴィチは思った。もちろん可能だ。

サブファイルを見ることにして、攻撃のためのヴァーチャル・リアリティ・プログラムを立ちあげて、さらなる改良が必要かどうか考えた。コンピューター合成の人間を見ていると、元気が湧(わ)いた。そのプログラムは、双方向ではない基本的なものだった。平凡な兵士がロシア軍の徴集兵を相手にしているだけだ。ウクライナの愛国者が戦っているのではない。現実には、コンピューターのプログラムでは捉えきれない、勇気という曰くいいがたい要素が加わる。

戦闘がくりひろげられるのを見ながら、クリモーヴィチはロシア人に対する自分の憎悪のことを思い、戦意が高揚するのを感じた。だれも知らない現実の終盤戦(エンドゲーム)のことを考えた。ヴォロディーミル・ベレゾフスキー提督とクリモーヴィチがふたりで考案したものだった。

辛抱しろ、フェディール。クリモーヴィチは、心のなかでつぶやいた。最後の勝利はわれわれのものだ。

11

ニューヨーク州ニューヨーク
六月二日、午後二時四十六分

賑(にぎ)やかな三番街から四十九丁目に折れると、そこはもっとも種々雑多な街にある種々雑多な通りだった。

マンハッタンの代表的なレストラン、ステーキハウスの〈スミス&ウォレンスキー〉の近くに三カ国の領事館が陣取っている。そのあたりは旗の多い通りでもあった。古風で趣のある秘められた庭園、アムスター・ヤードの旗にくわえ、その横のスペイン料理店の旗があり、もっと東ではアパートメントのテラスにLGBTコミュニティのレインボーフラッグが翻(ひるがえ)っている。

ニューヨークのウクライナ総領事館は、その通りの南側、三番街と二番街のあいだにある。国連本部やイースト・リヴァーへ歩いていける距離で、ジョガー、散歩させられている犬、観光客が、さながらその潮入り川の水のように流れている。水洗いしたほうがいいように見えるくすんだ色の石造りの建物の正面に、黒い鉄の門がある。なかにはいるには、短い階段を昇らなければならない。日除(ひよ)けの樹木が前にあるペルー総領事館とはちがって、ウクライナ総領事館には温かく歓迎する雰囲気がまったくない。太陽が疾(はや)く動くにつれて、葉叢(はむら)がさまざまな形の仮面で建物を覆い、建物内の階段は急傾斜で、通り過ぎる車や歩行者を横柄(おうへい)に見おろしている。

　その通りにある建物が種々雑多であるのとおなじように、歩行者もさまざまだった。多くは勤務しているか用事のある代表部や領事館に向かっていた。あとはたいがい、犬を散歩させているか、オフィスに向かっている、上流階級のひとびとだった。宅配便、郵便配達、清掃作業にたずさわっている人間も、何人かいた。

　それらに属していないものが、ひとりいた。

　フェディール・リトヴィンは、その男が西の三番街寄りに立っているのに気づき、煙草を吸うために表に出た。ほんとうに吸いたかったのではなく、〝狐(リース)〟の命令にそむく口実がほしかったのだ。総領事館を見張っているのが何者なのか、どこの手先なのかを、突き止める必要がある。

その男――年配に見える――は、季節外れの寒さをしのぐために水色のウィンドブレーカーを着て、ネパール総領事館の薄茶色のフェンスの前に立っていた。ニューヨークの市街図を眺めている。細かいところまで見えなくても、ニューヨークのあちこちでひろげられている光沢紙の地図だということがわかった。

リトヴィンは、ペルー総領事館のほうを向いてフェンスの蔭に立ち、男のほうをできるだけ見ないようにしていた。男は地図をめくらず、そこから動こうとしなかった。観光客ではないと、リトヴィンは判断した。われわれを見張っているのだ。

男はウクライナ総領事館の防犯カメラには映らないところから見張っていた。朝からずっとそこにいるのか？　ガリーナが領事館を出たのを報せた見張りなのだろうか？

ロシア側は通常、そんなふうに監視員を配置しない。ウクライナ側との会合はすべて、コーヒーショップ、公園、通りの角、バスの車内で行なわれる。現実的な前向きの取り組みが国連のような公の場で進められることはほとんどない。

リトヴィンは、煙草を道路にはじき飛ばし、しばらく立っていた。どこへも行かないと、クリモーヴィチを納得させていたが、じっとしているつもりはまったくなかった。晴れた春の日に近くを歩きまわっても、差し支えないはずだ。煙草を買い、この男が何者か見届けよう。

携帯電話を出して、メッセージを確認するふりをしながら、リトヴィンは門から出て、通りを渡った。ディスプレイに目を向けていたが、じっさいは男を観察していた——男はまだおなじ場所にいる——リトヴィンはメキシコ料理店に向けて歩いていった。顔認証データベースに情報があるかどうか確認するために、男の写真を撮るつもりだった。

携帯電話を向けて写真を連写できる位置にリトヴィンが達したとき、男がようやく動いた。不意に向きを変え、足早に三番街へと進み、歩行者用信号が青になると同時に、通りをすたすたと渡った。六十七丁目にある国連ロシア連邦代表部に急いで行くつもりなのだろうと、リトヴィンは判断した。もしそうなら、タクシーを拾うか、角で待っている車に乗るはずだ。男はどちらもやらなかった。それが男の怪しい行動を裏付けているように思われた。ロシア人とつながりがあるのを知られたくないのだ。

走っていると見られないようにしながら、リトヴィンは信号が変わらないうちに三番街をあわてて横断した。男がレキシントン街のほうへ足早に歩くあいだ、リトヴィンは四十九丁目の向かい側をおなじように西へ進んでいた。リトヴィンと男が歩行者を縫って進む動きが、奇妙に同期していた。それに気づいているのはリトヴィンと男だけだった。男に追いつき、ガリーナ・ペトレンコ殺害について情報を聞き出そうとするときに、ＮＹＰＤの警官に見とがめられないことを、リトヴィンは願っていた。リトヴィンは武器を持っていなかったが、その必要はなかった。格闘技には、簡単にかけてすさまじい苦痛を味わわせることができる——手首や肘の逆をとる技がある。リトヴィンはそういう技を会得していたので、注意を惹きつけることなく情報を得られるはずだった。

おれにどんなでたらめをいうつもりだ？　追及する決意を固めながら、リトヴィンは心のなかでつぶやいた。携帯電話をジーンズの尻ポケットにしまい込み、両手をあけて力強く歩きながら、対決する構えをとった。リトヴィンの意識の用心深い一部——ほんのちっぽけな一部——は、罠におびき寄せるための餌に食いついてしまったのかもしれないと気づいていた。だが、あとの部分は自信満々で、公の場にいる限りだいじょうぶだと思っていた。そういう場所から離れるつもりもなかった。それに、男を阻止する方法を知っていた——相手が拳、ナイフ、あるいは銃で向かってきた場合には、荒々しく、素早く、徹底的にやる。そういう反応が、リトヴィンの第二の天性になっていた。

男がレキシントン街に左折し、通りの東側を南へ進んでいった。リトヴィンもおなじ側を歩いてあとを跟けた。どこへ向かっているのか、見当がつかなかったが——四十六丁目で信号が変わると、男は急いで横断した。グランドセントラル駅だ、とリトヴィンは思った。コネティカット州やニューヨーク州北部へ行く列車にのるつもりはないだろう。急いで尾行を撒きたいだけだ。グランドセントラル駅には地下鉄が集中していて、迷路のようになっているから、いくらでも逃げ道がある。

リトヴィンは、東西の車の流れを見て、レキシントン街に曲がり込んできて、急に交差点を通過する車にうっかり轢かれないように注意しながら、あとを追った。獲物が四十四丁目と四十三丁目のあいだの駅入口に達したときには、リトヴィンは小走りになっていた。駅のその部分はそれほど旅客が多いわけではないが、男がメインコンコースにはいってウィンドブレーカーを脱ぎ捨てたら、ふたたび見つけるのは難しいだろう。コンコースを抜けて駅の反対側に出れば、賑やかな四十二丁目に左折するか、右のメトロポリタンライフ・タワーにはいってから、パーク街を北上することができる。男の選択肢が多いうえに、駅を警備する警官や州兵が何人もいるので、近づいて口を割らせるのは不可能だった。

そこまで行かせるものか、リトヴィンは心のなかで叫んだ。

男はつかの間立ちどまって、ターミナル駅に通じる真鍮の枠の重いガラス戸を引きあけた。リトヴィンは走っていた。学生の頃にも他人を追跡したことがあった。恋人のハリーナがほかの学生、フットボール選手のステパンとも付き合っているのではないかと疑ったときのことだ。その数日のあいだに、リトヴィンの技倆は自然と上達した。ふたりがディエモキエフの試合を観るためにオリーンピースキー・スタジアムにいるのを見つけたときに、追跡は終わった。ハリーナとステパンを非難しなかったのは、スタジアムの外が混雑していたからではなかった。ふたりが同時に気づき、無遠慮に見たので、リトヴィンは心臓を突き刺されるような心地になって、傷心して目をそむけた。

そのときの心痛とふられた悲しみは、何年も消えなかった。その感情がよみがえっていまの追跡の原動力となっていることを、リトヴィンは承知していた。そんなことはどうでもいい。この男を阻止しなければならない。

リトヴィンは通りに座って茫然と前方を見つめていたホームレスをよけて通り、このも男の仲間なのだろうかとふと思った。いちばん北側のドアに手をのばし、数メートル前方にターゲットが見えたように思った。光がガラス戸から反射し、なかが見えないので、確認するのは難しかった。リトヴィンはドアハンドルに手をのばした。大きな真鍮の棒のドアハンドルが右側にあり、ドアは左側にひらくようになっている。

エントランスと右の壁のあいだに、幅二メートルの空間がある。リトヴィンがにおいで気づき、見ると、火をつけていない煙草をくわえている女がそこに立っていた。ハンドバッグのなかを手探りして、ライターを探しているようだった。リトヴィンより も五、六センチ背が高く、赤いパンツスーツを着て、花模様のスカーフを頭に巻き、楕円形の大きなサングラスをかけていた。訓練の賜物で、リトヴィンは一歩進むあいだにそういったことをすべて見てとり、写真を一枚速写するように記憶にとどめた。

女が見あげて、赤い唇に大きな歓迎の笑みを浮かべた。

「フェディール！」

その声が、リトヴィンの注意を一瞬惹きつけた。その一瞬のあいだに女が跳びついてきて、片手をリトヴィンの首に巻き付け、キスをして……バッグに入れていた手で、とりたてて特徴のない刃渡り一五センチのナイフを、リトヴィンの肋骨をなぞるような感じで抜いてから、心臓にまっすぐ突き刺した。

追跡に集中しすぎていなかったら、格闘技の訓練がものをいって、リトヴィンは襲ってきた相手に対して半身になり、腕をあげて、両肘を曲げ、前に突き出して――骨と肉の防壁をこしらえていたはずだった。膝の力を抜いて重心を下げ、襲撃者が思いとどまるような強力な姿勢をとってから、女を壁に押しつけ、両腕を思う存分使って身動きできないようにし、ナイフを奪っていたはずだった。

ところが、リトヴィンはそういう動きをしないで、すさまじい激痛を胸の左側に感じた。心臓の鼓動がつかのまおかしくなって、息がとまり、脚の力が抜けた。両腕で痛む胸を押さえようとしたが、その手が下に垂れた。女はいまもキスをしながら、リトヴィンを抱いて、身動きできないようにしていた。リトヴィンは女の口紅の味を感じ、強烈な香水のにおいを嗅いでいたが、目が見えず、喉もとの露出した部分に、べつの激しい痛みを感じた。だれかが死の抱擁に加わっていた。力強い男の手が背中にまわされ、もういっぽうの手が顎を押しあげていた。その男も、陽気に名前を呼んだ。

「フェディール！」

通りかかった人間には、再会した家族か友人たちに見えたにちがいない。だれもが携帯電話や音楽に熱中しているか、電車に遅れないように急いでいて、うれしそうに体をゆすっている三人には目を留めなかった。殺人者たちのそばで血が路面に吸収されるのにも気づかなかった。

リトヴィンは倒れていくのがわかった。だが、白い斑点がある赤煉瓦にぶつかっても、なにも感じなかった。死体の下に赤い血だまりができたときには、殺人者たちは女がハンドバッグから出したルーズフィットのニューヨーク・メッツのシャツを羽織り、すでにそこを離れていた。ウェストの下あたりが血にまみれている服を、それが覆い隠していた。

男は左に向かい、レキシントン街に戻った。女は、グランドセントラル駅の日除けの下の薄暗がりから出る前に、立ちどまってホームレスに金をあたえた。そのときにティッシュで口紅を拭き、サングラスをたたんでハンドバッグにしまい、スカーフを取った。そして、右に向かい、レキシントン街と四十二丁目の角の地下鉄駅へ歩いていった。

夜にもう一度予防攻撃を行なうために、ふたりは落ち合うことになっていた。敵と連絡をとっている可能性がある元大使を消さなければならない。

12

ヴァージニア州スプリングフィールド
フォート・ベルヴォア・ノース
オプ・センター本部
六月二日、午後三時四十分

チェイス・ウィリアムズは、情報部長のロジャー・マコードと額を集めて、ロシア西部の国境地帯に関係があるデータを検討した。NSA、CIA、NRO（国家偵察局）が収集した電子情報傍受、衛星データ、オープンソースのメディアなど、多岐にわたっていた。ブライアン・ドーソンが最初の数分、会議にくわわっていたが、オフィスから非常用品持ち出しバッグを取ってきて、フォート・ブラッグへ行くためにヘリコプターに乗った。そこでマイク・ヴォルナーと合流し、夕食に間に合うようにふたりでニューヨークへ行く予定だった――夕食といっても、ガリーナ・ペトレンコが殺害された場所の近くで、屋台のホットドッグを食べるだけだ。

ウィリアムズは椅子に背中をあずけて、オプ・センターのすべてのタブレットおよびコンピューターとワイヤレスで接続されている新しい壁のモニターを眺めた。個人の通信を検閲してはならないという基本方針に従い、スマートフォンはその接続から除外されている。

「では、フラナリー大使が考えているようなウクライナの計画の存在を裏付けるものは、なにもないんだな」画像、データ、前方監視員のＨＵＭＩＮＴ報告書などが、多数のウィンドウに表示されているモニターを見ながら、ウィリアムズはいった。

「いまのところは、なにもありません」マコードが答えた。

元海兵隊員のマコードは、身長一八八センチの巨体には柔らかすぎる肘掛椅子に座っていた。ランチから帰ってきたとたんに、チームがこの問題に深入りしているのを知ったマコードは、国際危機管理官のポール・バンコールと協力して、できるだけ多くの情報源から情報を集めた。バンコールはひきつづき情報を収集し、マコードはわかっていることをウィリアムズに説明した。マコードは四十四歳で、〝一度海兵隊員になったらつねに海兵隊員〟という言葉どおりの人間だった。プリンストン大学で国際関係学の博士号を得ているが、イラクで副大隊長をつとめていたときと、態度はまったく変わっていない。外面は落ち着き払っていて、内面ではあらゆる襲撃に対する警戒を怠っていない。何事も見逃さない小さな機械のような目で人間を観察し、言葉だけではなく声の抑揚も聞き取る。マコードは独身で、親しくなるのは容易ではなく、ウィリアムズだけが隔たりを越えている。

「ロシアは威嚇しているだけかもしれない」ウィリアムズはいった。「ロシアは侵攻せずにそうすることが多い」

マコードが答える前に、あいたドアからアンがはいってきた。

「ロシアは人殺しもやるわ」アンがいった。「マンハッタンで二件目の殺人が起きた」

ウィリアムズが、さっと身を起こした。マコードは反応しなかったが、ふたりともその報せを嚙み砕いているのを、アンは見てとった。ボスにこういう報告を告げるとき、アンは複雑な気持ちになる。だれかが死んだ。その反面、オプ・センターはアンのランドローバーがガソリンを食うようにその情報を吸収する。悪い報せでも情報に変わりはなく、モザイクの一片なのだ。

「被害者はやはりウクライナ領事館に所属している。フェディール・リトヴィン、二十九歳」アンは話をつづけた。「心臓を刺され、喉も切り裂かれていた。おそらく薄い利器で」

「クレジットカードのような」ウィリアムズはいった。

「まさにそのとおり」アンはいった。「ニューヨーク市警(NYPD)が捜査にあたり、二件の殺人には〝名刺みたいな特徴がある〟と述べている。盗られたものはなかったけれど、犯人はあわてていたふしがあるそうよ。被害者はグランドセントラル駅のレキシントン街口で殺されていた。内側に防犯カメラはない。市警は左右二ブロックのカメラの画像を回収した。リトヴィンを見かけた人間は名乗り出てほしいと、市警はいっている」

マコードは、タブレットで資料を調べた。ランチから戻る途中で、フラナリーとガリーナの会合についてバンコールから説明を受けていた。

「領事館職員のなかで、工作員だとわかっていたのは、ガリーナ・ペトレンコとフェディール・リトヴィンだけだった」マコードはいった。「しかし」

「しかし?」ウィリアムズはうながした。

「山火事と戦うようなものですよ」マコードはいった。「防火帯として必要だと思われるよりも広い範囲の木を切り倒さなければならない」

「つまり?」ウィリアムズはきいてから、自分で答をいった。「フラナリー元大使だな？」

マコードは答えた。「わたしがロシア人なら、彼を狙います。残忍に殺されたふたりのどちらか、もしくは両方がフラナリーの知り合いか友だちだったわけだから、なにをしでかすかわからないと、彼らは思うでしょう」

アンとウィリアムズは、目配せを交わした。ウィリアムズがうなずいた。

「ブライアンとマイクに知らせます」アンはそういって出ていった。

「話をすこし前に戻そう」ウィリアムズは、マコードのほうに椅子をまわしながらいった。「ウクライナがなにも企んでいないのであれば、モスクワを挑発して、こういう目に遭うのはつじつまが合わない。ふたりが殺されたことは、なんらウクライナの利益にはなっていない。ニュースのサイクルは短いから、つかのま報じられてそれでおしまいだ」

「つまり、ガリーナがフラナリーにいったことを裏付けている——ロシア領内でロシア軍に対する攻撃が差し迫っている」

「そのとおり」

「しかし、ひとつだけ——もっと漠然とした思いつきですが」マコードはいった。

「ロシアがウクライナの企てを潰そうとしているのは、機甲部隊を国境近くに配置する以外に、なんの計画もないからかもしれません。ひょっとして、攻撃されたり、挑発されたりして、対応せざるをえなくなるのを避けたいのかもしれない」

「いつからそうなった？」ウィリアムズはきいた。

「クリミア併呑（へいどん）と、シリアのアサド政権への軍事支援以降です」マコードはいった。

「プーチンには借金する能力がなくなっています。ロシアの銀行の個人預金にまで手をつけています——それでも現在の軍事活動を維持するのが精いっぱいです。それでなくても、クリミアの二十億ドル近い財政赤字も肩代わりしています。領土を増やせば、また赤字を抱え込むことになります」

「しかし、それがわかっていても、キエフ——もしくは権力を握っている人間——は、重大ななにかを怖れている」ウィリアムズはいった。

「そうです」マコードは相槌を打った。「脅しによる平和。インフラを破壊しない占領部隊は、抵抗を抑圧する必要に迫られない——要するにヴィシー政権の枠組みです。一九四〇年にドイツがフランス北部を——戦争ではなく休戦協定で——占領したとき、フランスは三十万人のドイツ軍将兵の経費を負担するよう要求されました。一日二百万ライヒスマルクで、じっさいにかかる費用の五十倍以上でした」マコードは身を乗り出して、青い目で上司を凝視した。「ロシアの国庫には自分たちがはじめた仕事を終わらせるのに必要な資源がないので、現場における戦闘能力を国民にはっきりと精査されることだけは避けたい」

ウィリアムズは首をふった。「政治駆け引きだな。なんということだ、戦争の駆け引きよりもそのほうがずっと剣呑(けんのん)だ」

ブロンドの髪の情報部長は、モニターの表示を消した。「軍人は軍人でしかないが、政治家にはいろいろな要素がある」マコードはいった。「軍人の目標はただひとつ、生き延びて戦いに勝つことです。政治家は規制や目的をふんだんに盛り込もうとするし、議論には多数の顧問がくわわる」

ウィリアムズは、話を聞きながら考えていた。「ロジャー、キエフのウクライナ対外偵察局(SZRU)の人間と、じかに話をするべきじゃないか？」

「領事館職員がふたり殺されたばかりですよ」マコードはいった。「現時点では、われわれのほうが彼らよりも知っていることが多いでしょう。SZRUは調教師(ハンドラー)を通じてなにもかも調べあげ、報復しようとするでしょう。オプ・センターにはそれを支援する用意がありますか？　彼らはかならずそれを要求しますよ」

「もちろん支援するつもりはない」ウィリアムズはいった。「しかし、わたしが考えているのはべつのことだ」

「べつのこととは？」

「フラナリー大使と話をしたときに、ガリーナがだれのために情報をほしがっているかを知っているかと、わたしはきいた」ウィリアムズはいった。「フラナリーは、民兵組織だと思うと答えた。おおまかな推論だったが、たしかに正規軍だとしたら、ウクライナ軍関係者がワシントンDCの伝手に連絡していたはずだ。ウクライナとアメリカのあいだに秘密の協力合意があるのは、だれでも知っている」

マコードはしばし考えていた。「非合法作戦だからだ。離叛(りはん)分子の作戦の可能性がある」自分が口にしたことを、すこし嚙み砕いた。「いや、あとのほうにちがいない」結論を下した。「既知の経路(チャネル)の外で行なわれている」

「どうしてそういえるんだ？」

「最初の殺人から、かなり時間がたっているからです」

「四時間近くたっている」ウィリアムズはいった。

「そうです」マコードは、時間をたしかめてからつづけた。「それに、SZRUからRFAが来ていません。SZRUは、なにに対処しているのかわかっていない。せいぜい、非合法作戦が行なわれているらしいと勘づく程度で」

RFAとは支援要請(リクエスト・フォー・アシスタンス)のことだ。〝なんらかの緊急事態が起こりかけている〟ときに、同盟国の情報機関がほとんど自動的に発する、形式的な手順だった。アメリカのどの情報機関もＳＺＲＵから連絡を受けていないとすると――マコードはすでに国土安全保障省情報融合センターの全米連絡網と共有している着信リストを確認して――ＳＺＲＵから支援依頼がないことを知っていた。二件目の殺人でなにかが判明する可能性は低い。

「進言は？」ウィリアムズはきいた。

「ヴァーチャル・リアリティ・プログラムを、アーロンといっしょに調べます」そういって、マコードは立ちあがった。「きわめて具体的な攻撃目標(ターゲット)に対応して創られています。ロシアが建設中の施設の画像をオンラインに出すことはありえないので、べつの情報源から得たものにちがいありません」

「そうしてくれ」マコードが向きを変えたときに、ウィリアムズはいった。「ありがとう、ロジャー」

マコードが、半分向きを変えながらうなずき、出ていった。

ウィリアムズはニューヨーク市警とＦＢＩニューヨーク支局のホームページをひらいて、リアルタイムの新情報がないかどうかを見た。マコードは打ち解けない男で、好きになるのも難しいが、彼の分析の手法は周囲の人間が自分の能力に磨きをかけるのを後押しする。

アンからのメールが届いていた。

ブライアンに大使の自宅とオフィスの情報を教えました。〝ニンニクが窓にある〟と長官に伝えてほしいと、ブライアンがいいました。暗号帳にはないようですね。

ウィリアムズはくすりと笑って、返信した。

暗号帳にはない。内輪のネタだ。ありがとう。

それは七年前のジョークだった。国際社会への展望をあらたにし、多様性に富む強力なスキルを備えた新チームが、休止状態のオプ・センターを引き継いだときのことだ。政府の小規模な省庁はすべて、燃え尽きて消耗していた。前オプ・センター長官のポール・フッドと副長官のマイク・ロジャーズも同様だった。フッド本人に勧誘されて長官を引き受けたとき、ウィリアムズは、作戦全体における重大事件対応グループ（CIRG）とSWATの役割を改変することを決意した。また、ストライカーと呼ばれていた旧オプ・センターの軍事部門は、オプ・センター専属だったが、この枠組みも変更された。新生CIRG／SWATは、オプ・センターに一時的に配置転換された。それによって、軍事部門の指揮官であるマイク・ヴォルナーは、出動するかどうかを独自に決定する自由裁量を得た。ウィリアムズはその取り決めを確定するのに苦労し、それによってニンニクのジョークが生まれた。ドーソンは、二十九歳のヴォルナーとリッチモンドのスポーツバーではじめて長時間飲みながら話し合い、アラビア語、ダーリ語、パシュトゥー語などの中東の言語に堪能なことで、ヴォルナーをすっかり感心させ、国防総省で整理券を引いて順番を待つよりも、目立った働きができるオプ・センターに配属されたほうが確実に昇進できると説得した。ヴォルナーが納得したようだったので、ドーソンはウィリアムズにメールを送った。

ニンニクを窓に置いてほしい。DODの吸血鬼どもが寄り付かないように！

大家族的な国防総省の官僚機構と、オプ・センターの退役した将士たちのあいだの綱引きが感じられるあいだ、ヴォルナーはつらい思いを味わった。まさにドーソンの言葉どおりになったからだ。

デスクに手をつけていないリンゴがあるのに気づいたウィリアムズが、それを取ってひと口かじったとき、ニューヨーク市警からの緊急連絡が届いた。ウィリアムズは内線電話機の番号をひとつ押して、スピーカーホンにした。

「はい、ボス」すこし間を置いて、アーロン・ブレイクが出た。

「きみとバイオメトリック担当の連中にプロジェクトだ。最優先でやってくれ」ウィリアムズはいった。「これから送る――一分以内に届くはずだ」

「準備します」ウィリアムズがオフィスでキーボードを叩いているあいだに、アーロンがいった。ほうり出されたリンゴが、デスクで孤独なダンスを踊っていた。

13

ノースカロライナ州フォート・ブラッグ
六月二日、午後三時五十五分

アン・サリヴァンがブライアン・ドーソンに説明したのは、軍隊の時代遅れの論理ではしばしば不都合と見なされる遠まわりのルートだったが、現実の世界ではそのほうがずっと合理的だった。

ドーソンはまず、一時間四十五分かけてヘリコプターでフォート・ブラッグへ行き、それから北を目指す。ドーソンが乗ったのは、空力学的に優れた外板が熔解した銅のように見えるUH‐72Aラコタだった。ヒンジレスのローター・システムで、ローター・ブレードは複合材だった。静かでなめらかな乗り心地なので、フライト中に仕事ができる――ドーソンはフラナリー大使の資料を読み、マンハッタンの地図を丹念に見た。ワシントンDCのすべての街路とフィラデルフィアのほとんどの街路は知っているが、ニューヨークにはあまり詳しくなかった。ニューヨークでは、もっぱらホテルの部屋でひとと会うだけだった。それも仕事とは限らない。

ドーソンがフォート・ブラッグに到着すると、ヴォルナーが駐機場で待っていた。ふたりはそこからC-17輸送機に乗り、ニューヨーク州ニューバーグのスチュワート空軍基地に向かう。そこからまたヘリコプターですばやくマンハッタンへ行く。空は暗く、危険をはらんでいた。まもなく暴風雨になるので、出発状況はSONG——ただちに出発するか、出発を見合わせるか、どちらかだった。

ワシントンDC近辺から民間航空を使うほうが、時間の節約にはなる……しかし、それでは護身のためにスイス・アーミーナイフを所持することすらできない。

ヴォルナーは、輸送安全管理局(TSA)の規則に縛られずにすむのであれば、移動時間が長くなっても気にならないようだった。身長一七八センチで、体脂肪がすくなくほとんどが筋肉なので、体重が七〇キロあるようには見えない。目は茶色で、茶色の髪を短く刈り、ルター派教会の熱心な信者らしく冷静沈着だった。ジーンズに半袖のボタンダウンの白いシャツという一般人の服装だったが、休暇中の兵士のように見えるのは、ごまかしようがなかった。

「やあ、マイク」ドーソンはバッグを左肩に背負っていった。右手をのばした。近づきながら、ヴォルナーの体をじろじろ眺めた。「おしゃぶりはどこだ?」

将校が非番のときに携帯する九ミリ口径のセミオートマティック・ピストル、スミス&ウェッソンM&Pシールドのことだった。ヴォルナーはスリムフィットの服を着ているので、ショルダーホルスターもアンクルホルスターも付けられない。

ヴォルナーは、持っていたノートパソコン用ケースを叩いた。ケースはケヴラー製で、いざという場合には抗弾ベスト代わりになる。それも空港のセキュリティチェックを通るのは無理だ。

拳銃(けんじゅう)を入れているせいでケースがすこし膨らんでいることに、ドーソンは気づいた。M&Pシールドは厚みが二センチ半ほどしかないが、軽量なので狙いをつけて数発を撃ち込むのに取りまわしが楽だった。ドーソンはそれで撃ったことがあるので、高性能の銃を携帯しているのをうらやましいと思った。その反面、ヴォルナーに同情した。武器を隠し持つ場合には、威力と目立たないようにすることを両立させるのが難しいのだが、ヴォルナーにはその加減がわかっていない。ドーソンが携帯していた銃は二挺(ちょう)だけで、殺傷力の小さい二二口径のデリンジャーをズボンのポケットに入れ、相手の頭を吹っ飛ばす威力がある三八口径の短銃身回転拳銃(スナッブノーズ)をショルダーホルスターに収めていた。これまで七、八年、いずれも寝室のクロゼットの金庫にしまってあった。道路の検問所、金属探知機、正直で善良な市民の詮索が多い街で個人が銃器を所持するのは、不都合だったからだ。

「ところで、ムーアはあなたを殺すと断言しましたよ」ドーソンの手を握りながら、かすかな笑みを浮かべて、ヴォルナーがいった。

「帰ってきたらビールをおごってやるさ」ドーソンは答えた。

「往復の航空券なら、納得するかもしれません」全長五三メートルの巨大な輸送機に向けて走りながら、ヴォルナーが応じた。「それ以外はだめでしょう。姪が生まれたところなので」

「フェイスタイムはそのために創られたんだ」ドーソンはそういい、思ったよりも不機嫌な口調になっているのに気づいた。

ヴォルナーのためらいがちな笑みは、すでに消えていた。思い出したくない不愉快な記憶が浮かびあがっていた。すべてひとつの出来事のせいだった——。

ふたりは、だだっぴろい機内に何列もある細長い黒い折り畳み座席に、ならんで腰かけた。カナダ空軍との合同訓練演習に向かう第18空挺軍団の兵士九十八人が、周囲に座っていた。

巨人機が甲高い爆音をたてて轟然と夜空に舞いあがるとき、ドーソンは目を閉じて座席にもたれた。何本もの蛍光灯が窓のない機内を照らし、つねに昼間のように明るい。じつのところ、ドーソンにとっては、ムーアを差し置いてこの任務に無理やり割り込んだ心境から遠ざかり、今後のことをじっくり考えるはじめての機会だった。デスクの奥に閉じ込められているのが嫌だったからではないが、それも大きな部分を占めていた。チェイス・ウィリアムズが勧誘したときには、〝オプ・センターが合うかどうか試してくれ〟という条件だった。一年間という試用期間は切れたし、いまの気分は――ちがうことをやりたくてうずうずしている？　それとも飽きた？

ちがう。これは完全な閉所性発熱（キャビン・フィーヴァー）だと、ドーソンは判断した。狭いところに閉じ込められているせいでストレスが高まっている。

オプ・センターのチームをドーソンは好きで、尊敬していたし、自分が力を存分に発揮できていないとは思っていなかった。だが、全員の役割が定められ、職務内容が厳密に区分けされているわけではないのに、だれもが他人の領域を侵さないように用心している。ドーソンは上意下達の指揮系統のほうが好きだった……もちろん自分がそのトップに立つ。

カロライナのせいで辞めたいという気持ちが煽（あお）られたわけでもなかったが、会ったとたんに、携帯電話の充電器にプラグを差し込むようによりを戻したくなった。それに、ランチのあいだ向き合っていると、惹かれる思いがいっそう強まった。しかし、カロライナは心機一転、新しい道を歩んでいる。彼女は新しい男の話をいっさいしなかったが、元の恋人にだけわかるにおいに全身をくるまれていた。彼氏のメールをチェックし、にっこり笑っていた。ドーソンには決して見せたことがないような笑みを浮かべ、彼に買ってもらった香水にちがいない香りを身に付けていた。

「やめろ！」ドーソンはひとりごとをつぶやいた。あらたな憎しみを育んでいる場合ではない。いまはだめだ。

すべてが試練だった。タジキスタンのパミール高原の冬ほど厳しくはないが、やはり最悪だった。自分はオプ・センターの力関係や現実に順応できるような訓練を受けていない……カロライナが去っていったことにも順応できていない。

しかし、よく考えると、そのどちらもニューヨーク行きを望んだ主な理由ではなかった。いま気づいたのだが、これは——ドーソンはふたつの理由を押しのけた——自分なりの別れの挨拶なのだ。辞める前にとる最後の休暇なのだ。大きな変化を引き起こす前に、大局的な観点を持つためだ。つぎにどういう一歩を踏み出すか、わかっていないために、いつもの居場所から離れたかったのだ。

くそ！　ドーソンは思った。この心境がさらけ出されるまで、それがどれほど自分のなかで腐敗して淀んでいたか、気づいていなかった。高度三万フィートで水平飛行を開始したときに、ようやくドーソンは目をあけた。

「頭痛ですか？」プラット&ホイットニーF117－PW－100ターボファン・エンジンが轟々とうなっているので、いつもより大きな声でヴォルナーがきいた。

「えっ？　ちがう」ドーソンは答えた。「どうしてだ？」

「顔をしかめていたので」

「考えていた」ドーソンはいった。「近ごろは、山の斜面で岩を押しあげるのがつらくなってきた」

「祈ればいい」ヴォルナーがいった。「祈ることをあまり信じていないのは知っていますが、自分を苦しめていることについて、ときどき祈ってみたらどうですか」

「そうだな」ドーソンはいった――だが、〝ノー〟を意味する口ぶりだった。

ヴォルナーはかすかに首をふった――ドーソンに見えないように――そして、ショルダーバッグに入れていたタブレットを出した。ドーソンも自分のｉＰａｄを出し、ふたりは自分たちが知っていることと知らないことを見極め、フラナリーがいるビルでどう展開するかを検討した。ビルに到着してもすぐにフラナリーを呼び出さないことにした。ドーソンがフラナリーの身辺に目配りし、自分は周辺を偵察すると、ヴォルナーが提案した。

「スナイパーに対処しなければならない可能性は低いが、近くから襲撃されるおそれがある」ＪＳＯＣチーム・リーダーのヴォルナーがいった。「殺人者が自分の手口だとわかるような痕跡を残しているのには理由があるし、二件だけでは終わらないでしょう」

「企てを中止しろというメッセージが受け入れられなかったら、そうなるだろうな」ドーソンがいった。

「われわれは、見通し線でやりますか？」

「それがいちばんいいと思う」

つまり、お互いの姿が見えないところには行かない。ふたりはフラナリーのオフィス周辺の地図を表示し、ニューヨーク市警（NYPD）の車両監視網（リング・オヴ・スティール）のグラフィックを重ねた。公共と民間の防犯カメラで監視されている部分が青で示されている。据え付け型と移動型の放射能探知機の場所も表示された。地上で監視されていない部分は、ほとんどなかった。

「ニューヨークに着いたら連絡すると、大使にいってある」ドーソンがいった。

「わかりました。周辺の安全を確認してから、表に連れ出しましょう」ヴォルナーはいった。リトヴィン殺害のデータを眺めた。「暗殺者がふたり、監視員がひとりいると想定します」

ドーソンはうなずいた。「怪しい人間を見つけられる確率が、二倍もしくは三倍になる」

「敵にもその利点がありますよ」ヴォルナーは指摘した。

「敵か」ドーソンが鸚鵡返しにいった。「敵がいるのにはいい加減うんざりだな」

「敵が戦うのをやめたら、おれも戦うのをやめるんですが」ヴォルナーはいった。

「そういう意味ではないんだ」ドーソンはいってから、あらためて考えた。「おれが考えていたのは――自分の世代がロシアを怖れながら大人になったことだ。やがて、レーガン、ゴルバチョフ、緊張緩和だ。そのあとはプーチンで、われわれはまた困難に立ち向かうことになった。どこへも行かない回転木馬みたいな堂々巡りにうんざりしているんだと思う」

「それには単純な解決策がある」ヴォルナーはいった。

「知っている。いわなくていい。どういう台詞だったかな？　〝なんだって？　ショービジネスをやめるのか？〟」

ヴォルナーは、ドーソンの顔をじっと見た。「いいですか――おれはあたえられた任務をやり、考えるのと神のことは、ひまな時間のためにとっておきます」ヴォルナーはいった。「あなたのように深く掘り下げていたら、おれはベッドから出られなくなるでしょうね」

「体重三六〇キロのゴリラ（他人にあたえる影響や法律を度外視するほど強力な人間や組織のこと）の話がしたいのか？」ドーソンはきいた。

「それは願い下げですよ」ヴォルナーは答えた。「おれは報告書に事実に基づいたことだけを書きました。おれたちは失策を犯し、ひとりが死んだ」

「オプ・センターが失策を犯したというんだな」ドーソンはいった。

「よそではぜったいにいいませんよ」ヴォルナーはいった。

「そうだな」ドーソンはきっぱりといった。「だが、〝事故〟と〝失策〟の境界線は細い。おれの判断では、あんたはそれを越えた」

「おれの知る限りでは、その後、悪影響はなかった」ヴォルナーは答えた。

「細いブルーの線だ」ドーソンはいった。「おれたちがお互いをかばうのは、おれたちみたいな人間が文明と無政府主義のあいだに立ちはだかっているからだ。おれたちがそうしている限り、政治家は細かいことをすべて知る必要はない」

ヴォルナーは黙り込んだ。ドーソンのいうことを黙認したからではなく、お互いに勝利が得られないまま弾薬が尽きたことを悟ったからだった。

ドーソンは、そんなふうに割り切れるヴォルナーがうらやましかった。差し迫った事態であれば、ドーソンでも割り切ることはできる――だが、すぐにまた、背後にあるものを複雑な理論で理解したくなってしまう。

だだっぴろい機内の空調と微妙な震動のせいで、ドーソンはうとうととして眠り込んだ。エンジンのホワイトノイズが睡眠の助けになった。ニューバーグに着陸するまで、ドーソンは目を醒まさなかった。ベル412ヘリコプターがそこで待っていて、ふたりが乗り込むと、約一〇〇キロメートル離れたダウンタウン・マンハッタン・ヘリポートを目指し、バッテリーパークに近い六番埠頭のヘリポートに、午後五時五十七分の定刻に到着した。ふたりはべつべつに歩いて、アールデコを模したターミナルへ行き、ヴォルナーがカウンターで運航時刻をききながら、出発便を待っている六人に目を配った。ドーソンがそのあいだに、フラナリーに電話をかけた。見張りがここで待ち構えているとは思っていなかったが、そういう人間がぜったいにいないとはいい切れない。フラナリーの携帯電話の番号は、すでに知られているのだ。

フラナリーの携帯電話にかけても応答がなかったので、ドーソンは〈ヨーク平和のための組織〉の代表番号を調べてかけた。オプ・センターとの結び付きがわからない私用の携帯電話を使った。

男が電話に出た。フラナリーにつないでほしいと、ドーソンはいった。

「申しわけありません」相手がドーソンにいった。「フラナリーさんのオフィスはここではありません」

ドーソンが質問しようとしたとき、着信があることを画面のアイコンが知らせた。ドーソンは〈ヨーク〉との電話を切って、それに出た。

14

ヴァージニア州スプリングフィールド
フォート・ベルヴォア・ノース
オプ・センター本部
六月二日午後五時一分

チェイス・ウィリアムズの偉大な技倆のひとつ――ポール・フッドが長官就任を要請した最大の理由――は、物事を細かく区分しない能力だった。現役の軍人と退役した軍人の多くは、大学の博士号を得た人間とおなじように、狭い分野だけに並外れた知識がある。たとえば、ドイツのシュトゥットガルトに司令部を置くアメリカ・アフリカ軍の司令官だったウィリアムズの旧友チャック・ブリッジャー将軍は、ワシントンＤＣの国防情報システム局のユージン・バンディ大佐が監督している活動に精通することは求められない。点と点は全分野で結ばれてはいない。情報は指揮系統を上下に流れ、水平に流れることはない。横方向の架け橋はほとんどない。情報は指揮系統を上下ウィリアムズの頭脳は、けっしてそういう働きかたをしない。情報の脈絡はウィリアムズの脳のなかをDNA鎖のようにくねりながら進み、情報が重なり合っている部分を探す。それが、勃発(ぼっぱつ)するおそれがある事態に関する事案想定(シナリオ)の基礎になる。

しかし、現時点では、ウクライナの工作員ふたりの死、元アメリカ大使、スタンフォード大学の学生が創ったヴァーチャル・リアリティ・プログラム、ロシアの新しい前哨(ぜんしょう)、ウラジーミル・プーチンのクリミア以後の計画をもとに、ひとつの構造を見つけ出すのは無理だった。ウィリアムズの勘は、それらはすべて相互に結び付いていると告げていたが、そう想定して事実かどうかを確認するのが先決だった……それからつぎの手段を編み出す。そういう状況だったので、ウィリアムズの頭脳はせわしなく働いていた。一部では情報を咀嚼(そしゃく)して処理し、べつの一部ではさらなる情報を探していた――情報のかけら、ぼんやりした情報、なんでもいい。マラソンが泡を食って駆け出すのとはちがうように、周章狼狽(ろうばい)したための反応ではなかった。内面的な資源を徹底して使い尽くすプロセスだった。

外部から取り入れた情報を頭のなかでデータ分析し、思考を見直し、改良した結果、その午後にウィリアムズはすこし弱気になっていた——すると、アーロン・ブレイクが興奮気味に「ニューヨークにはまだこれがありません」といってきて、ギーク・タンクに呼ばれた。

ウィリアムズは、ニューヨークになにがないのかを確認することにした。アーロンはいつもそんなふうだった。二十代のアーロンはしじゅう、「これを見なきゃだめですよ！」という。〝教える〟ことがめったになく、〝見せる〟ことが主体になった時代の小学校はどんなふうなのだろうと、ウィリアムズは思った。ウィリアムズが四十代以上の人間の多くよりも、新世紀人のやりかたによく順応しているのは、そうせざるをえないからだった。それに、情報機関の次世代の職員が、必要性ではなく道具(ツール)によって技倆を磨かれていくのを見るのは、刺激的でもあった。アメリカは一九八〇年代に人的資産を減らして電子スパイ機器(ウエア)を増やしたが、それは失敗だった——その後、スパイウェアという言葉の意味も変わってしまった。ＮＡＳＡの友人が、宇宙探検についておなじことをいっていた。人間ではなくロボットを火星に送り込もうとしたら、人間がやった場合とおなじ結果を得るのに、何十億ドルもよけいに費用がかかり、何年もよけいな歳月を要し、しかも事故があったときに修正する能力は格段に落ちる。ウィリアムズの分野の仕事では、遅れが生じると人命が失われる。インテリジェンス・コミュニティは、人間の目を使う諜報作戦を復活させ、外国人を雇い、データではなく判断が必要なL&S——位置および状況——に特殊作戦チームを投入するようになった。

いまのわれわれは、それとはべつの方向にはいりつつあると、ギーク・タンクにはいりながらウィリアムズは思った。彼はそれをCPI——カウチポテト・インテリジェンス——と呼んでいた。ニューヨークへ行くことを決めた作戦部長のドーソンをやり込めたあとで、ウィリアムズはすぐに自分がそうした理由に思い当たった。ドーソンが現場で作戦を行なうのがねたましいのだ。足で稼ぎ、画像ではなく現実に触れて手を汚し、計算するのではなくその場で工夫する。ウィリアムズは長官なので、そういうことをほしいままにするわけにはいかない。

ギーク・タンクにはいったウィリアムズは、頭は切れるが滑稽なくらい話をぼかすのが好きなアーロンが、ニューヨークにはないといった事柄がふたつあることを知った。ひとつはテクノロジー、もうひとつはそれがもたらす具体的な結果。

ウィリアムズは、アーロンのあとから、三十二歳の〝タンクスター〟・キャスリーン・ヘイズのワークステーションへ行った。その横で若手気象学者のゲアリ・ゴールドが椅子にぐったりともたれて、膝からピーナツの殻を払い落としていた。

キャスリーンは漆黒の髪をショートにしていて、肌が蒼白く、同僚の多くとおなじように社会的インタラクションの能力が欠けている。もとはドリームワークスのコンピューターグラフィック・アーチストで、四肢動物が専門だった。アーロンは去年の十月にニューヨーク・コミックコンで会ったときに、彼女を勧誘した。

オプ・センターのために、キャスリーンは4DT（四次元三角測量法）と彼女が呼ぶ基本プログラムを創った。

「NYPDのテロ対策部門から、フェディール・リトヴィンがウクライナ領事館からグランドセントラル駅へ行ったときの画像をすべて入手しました」ウィリアムズがキャスリーンのワークステーションに向けて歩くあいだに、アーロンがいった。「つまり、情報機関はすべてこの動画を手に入れていますし、おなじ顔認証ソフトウェアを使っていますが、キャスリーンがぼくたちのために書いたプログラムで、リトヴィンの四次元画像を見ることができるんです。つまり、縦、横、奥行きにくわえて、もっとも重要な時間軸も。これらを測定することで、リトヴィンの頭の位置と、前方の人間、車、電柱などの障害物との位置関係がわかります――リトヴィンの体が前進するとき、頭がどう動いたり揺れたりするかを観察して――彼がなにを見ていたかをはっきり突き止められます。すべてのフレームで、すべての角度から」

「つまり、それぞれの画像の枠内で、リトヴィンがだれを見ていたかがわかるんだな」感嘆した口調で、ウィリアムズはいった。「すばらしい」

「そうです。そして、捕まえました」アーロンがいった。「悪いやつを見つけたんですよ」

アーロンは、画面を指差した。リトヴィンとターゲットが映っている画像十三枚のうちの七枚から、目線が向けられている先にいる男の姿をキャスリーンが作成していた。ブルーのウィンドブレーカーを着ているその男をリトヴィンが追っていたことは明らかだった。

「すごいじゃないか」ウィリアムズはいった。「見当も――」

「長官」アーロンがさえぎり。興奮してくりかえした。「悪いやつを見つけたんですよ！」

キャスリーンが、ＦＲＡ――顔認証分析――にあったファイルをひらいた。問題の男のわりあい鮮明な画像が六枚表示された。一九八八年に南アフリカで撮影されたパスポート用のモノクロ写真と、一九九〇年にロンドンのロシア大使館を日常的に監視しているときに速写された写真に写っているのと、おなじ人物だった。

「名前はアンドレイ・チェルカーソフ」アーロンが、ロシア語の発音をなぞるようにいった。「まあ、それはパスポートを見ればわかりますね。この男は特殊任務部隊（スペツナズ）にいて、アフガニスタンに出征しています——何度も表彰されていることと、仲間の兵士たちが苦情を述べていることから察しがつくように、凶悪な男です」画面に書類が表示された。「ロシア語ですが、鷲の紋章付きの青い書類にはいいことが書いてあるんでしょう。鷲も国旗もない赤い書類には、おそらくいいことは書いてないと思います」

キャスリーンが、CIAの身上調書を画面に呼び出した。CIAもFBIも、二〇一二年五月以降、チェルカーソフのその薄いファイルを見るためにログインしていなかった。

「ちょっと待って。まだあるんです」アーロンがいった。うしろのワークステーションを親指で示した。イヤホンを付けた童顔で長身の男が、真剣に集中している表情になっていた。「あのディック・レヴィ——が、コンピューター化されたシステムすべての航空機搭乗券の予約を調べました。チェルカーソフという名前の男が、オルガ・ウードワという女性と頻繁（ひんぱん）に旅行してます。ウードワはロシア外務省のヒューマンリソース・ディレクターで、しかもドミートリー・アルスキーという男ともたびたび旅行しています。アルスキーのパスポートはロンドンでイギリス秘密情報部（MI6）にスキャンされて、身許が判明し、じつは──」

モニターにいまや見慣れたしかめ面が現われた。

「アンドレイ・チェルカーソフだった」ウィリアムズはいった。

「そのとおりです。そして、アルスキーは、二年前にクリミアでジャーナリストが殺されたときに、現地にいた。しかも、ミズ・ペトレンコの場合とおなじように、喉を切り裂くという手口で殺されていました」

ウィリアムズが身を起こしたとき、電話が鳴った。アンからの最新情報には、グランドセントラル駅の目撃者の証言をまとめた最初の調書が含まれていた。これまでのところ、七人が名乗り出ていた。被害者が女と抱き合っているのを見たと、五人が述べていた。そこに男がひとりくわわったと、ひとりが述べていた。死体を発見した若いカップルの供述は、まだ含まれていなかった。その男ふたりはベルヴュー病院に運ばれて、鎮静剤を投与され、いまはミッドタウン・サウス分署で事情聴取を受けている。NYPDの仮状況報告は、被害者は〝所定の目的のために特定の場所に誘い込まれた〟と分析していた。

「長官?」アーロンが敬意をこめて促した。

「聞いているよ」ウィリアムズは答えて、モニターに目を戻した。

「これがウードワです」アーロンがいった。

中年の女性が、ロウワー・マンハッタンのパール・ストリート・プレイグラウンドをジョギングしている画像だった。タイムスタンプはその日の午前十一時五十五分。ガリーナが殺された場所に近く、時刻もほぼおなじだった。

「ふたりのどちらかが、電子監視網のべつの場所に現われたことは？」ウィリアムズはきいた。

「NYPDが監視網から選び出したものにしか、アクセスできません」アーロンが答えた。「テレビドラマとはちがって、それにハッキングで侵入するのは難しいです」

「それはそうだが、NYPDは顔認証を使って、リアルタイムで捜しているはずだ」

「ごく狭い範囲しか探せないでしょうが、たしかに数千個の目玉がありますからね」

ウィリアムズは、アーロンの肩を叩いた。「ありがとう。いい仕事をしてくれたね、キャスリーン」

「ありがとうございます、ウィリアムズ長官」ふりむいて顔を赤くしながら、キャスリーンがいった。

ウィリアムズは、急いで長官室にひきかえし、途中でアンの副長官室に寄った。

「ニューヨークのテロ対策局長に電話をかけてくれ。イリスだったかな……？」

「アイリーン・ヤングよ」アンがきっぱりといった。

「そうだった」ウィリアムズはいった。「電話をつないだままにしてくれ」そうつけくわえて、長官室へ行った。ドアを閉め、デスクの奥でどさりと腰をおろした。

「彼女はいま市長と警察委員長（市長が任命する行政委員会のトップ）といっしょよ」アンが内線電話で伝えた。「警察長（日本の警視総監にあたる）と話をする？」

「いや」ウィリアムズはいった。

「アイリーンに伝言しましょうか？」

「じかに電話で話ができないか？」

「そうします」

「よし」ウィリアムズはいった。「できるだけ早く、折り返し電話してほしいといってくれ」

　世界貿易センターが攻撃されたときに活躍して名をあげたマンハッタン・サウス警邏管区長の女性警察官アイリーン・ヤングが、アルフォンス・スピゴーニをはじめとする局長級の警察官を追い抜いて出世したときには、おおっぴらに猛反発が起きた。抗議したのはおもに、市全体の作戦を司る局長とスピゴーニ一党だった。スピゴーニが昇進すれば、彼らもいっしょに昇進するはずだったからだ。ウィリアムズは、アイリーン・ヤングのことはよく知らなかった——名前も憶えていなかったほどなのだ——が、国際テロリズムに関するシンポジウムで会ったことがあり、深い感銘を受けていた。フラナリー大使はいまのところ安全だし、オプ・センターのチームが問題に取り組み、現地へ向かっている。安心して待っていることができる。当てにならない副官を信頼しなければならないような状況よりもずっと安心できた。

アンがアイリーンに要望するのを、ウィリアムズは聞いていた。最優先でできるだけ早く電話してほしいと、アンは強く要求していた。

通信網はつねに副長官が傍受できるようになっている。ウィリアムズが長官室にいないときや、なんらかの理由で働けなくなった場合のために、すべての情報がアンに伝えられるよう規則で定められている。ウィリアムズのために電話をつなぐのは、アンの仕事ではないが、自分でじかに電話をかけるのとはちがい、表立たずにすむという利点がある。ウィリアムズとアンは、そういう仕事関係を定着させていた。アンが組織内の細かいことを処理し、ウィリアムズは情報の三目並べで遊ぶ。オプ・センターに人事部（ヒューマン・リソースィズ）のような監督部門があったら、指摘されていたはずだ——アンは秘書ではないと叱責（しっせき）されたにちがいない。ウィリアムズにもそれはわかっていた。ただ、アンがオプ・センターの業務を取り仕切っていて、ウィリアムズは彼女の砂場で遊んでいるというのが真実だった。

　ウィリアムズが、まだ食べていなかったリンゴを見て、かじるのをためらっていた。食べようとするたびに、電話がかかってくる。

　かかってこなかった。一時間以上かけて、オプ・センターの日常業務をこなすことができた。アンの警戒警報を読み、電話やメールに返信し、運営や予算や人事問題などを話し合った。途中でウクライナ問題に急いで取りかかる必要はないと考えていた。時間を置くと、明晰に考えられるようになる。それが積極的な捜査に役立つ最善の方法である場合が多い。

　ウィリアムズが残務を整理しはじめ、リンゴに目を向けたとき……アイリーン・ヤングから電話がかかってきた。

「ウィリアムズ長官、お待たせしてすみません」ミルクを注ぐようななめらかな口調で、ヤングがいった。「ウクライナ大使がスカイプで会議に参加し、そのあとはマスコミが――彼らはずっと待っていたんです」

「わかります」ウィリアムズは、同情をこめていった。

「あなたがたがつかんだことを教えてください」

「もちろんです」ウィリアムズは答えた。「ウクライナ人ふたりを殺した犯人が、わかったと考えています」

　何者かときくまえに、ヤングが質問した。「脅威警戒態勢は？」

「ニューヨークに関しては、アルファです」アルファは、四段階のなかでもっとも低い態勢だ。

　大きな溜息が聞こえた。アルファ態勢は、個人、機関、および／もしくは施設に対する全般的な脅威で、性質と程度は予測できないが、限定的だということを意味する。

「ありがとうございます、長官」ヤングがいった。「では――聞かせてください」

　ウィリアムズは、オプ・センターのチームが突き止めたことを説明したが、どうやったかは教えなかった。オプ・センターが活動をつづけられるように予算を確保するのは、長官であるウィリアムズの責任に属する。残念だが、それが現実だった。そのために、他の政府機関に自分たちの調査結果を教える場合には、機密テクノロジーを厳重に守らなければならない。ドーソンとヴォルナーがニューヨークに向かっていることを明かすべきかどうかということも、ウィリアムズは考えた。伏せておくことにした。司法機関に悪く思われたくなかったし、かといって戦いの場の目を失いたくはなかった。

「そちらから教えてもらえる情報はありますか？」説明を終えると、ウィリアムズはきいた。

「そのことがあって、記者会見から途中で脱け出しました」ヤングがいった。「フラナリーがガリーナ・ペトレンコと結びついていることはわかっていましたが、彼が務めている場所の近くで、再利用（リピート・ビジネス）があったのも突き止めました」

　犯罪現場の近くに怪しい人物が何度も現れることを、〝リピート・ビジネス〟という。ウィリアムズはにわかに警戒した。チームが向かっているのは、その近辺だった。

「ペトレンコ殺害の十分後に、ウォーター・ストリートとメイドン・レーンの交差点にいた男のぼやけた画像を捉えました。おなじ顔がリトヴィンの追跡中にも現れました。その男がいま、ボウリング・グリーンのカメラに映っています。フラナリーのオフィスがあるビルから歩いて二分のところで、そのビルに向けて移動しています。わたしたちはフラナリーさんを脱出させる手配をしました」

「護衛をつけて連れ出すのですね？」

「私の警護班ふたりが処理します」ヤングがいった。「数ブロック南東の警察署から直行し、ひきかえします。目立たないような作戦です。フラナリーのオフィスの周辺は曲がりくねった狭い道路が多いので、前方をふさがれたり、停車させられたりするようなことは避けなければなりません」

その計画をどう判断していいのか、ウィリアムズにはわからなかった。黒いＳＵＶやパトカーの車列や、真剣な態度の警官多数がいれば、チェルカーソフとウードワを阻止できるだろう――だが、警官ふたりだけで実行できるかどうか、判断がつかなかった。だれも予期していなければ、すばやく脱出させることができるだろう。しかし、これまでの動きからして、チェルカーソフはすべての相手の動きを読んでいるように思える。

テロ対策局長のヤング警察委員に礼をいい、あらたな情報があれば交換することに合意してから、ウィリアムズは電話を切り、すぐさまドーソンに電話をかけた。

15

ニューヨーク州、ニューヨーク
六月二日、午後六時三分

〈ヨーク平和のための組織〉のフラナリーのオフィスは、パール・ストリート77の閑静な側にあった。そちら側は通りよりも高くなっている。細長い三日月形の通りは、埋め立てが行なわれる前はマンハッタンの東の海岸線だった。ビルそのものが南東に面しているのに、戸口がくぼみ、おかしな角度をつけて西寄りにドアがあるのは、現在もつねに港から吹き付ける風を避けるためだった。屋根窓がビルの四方にあり、裏側は賑やかな界隈(かいわい)だった。コーンティーズ・アレーの舗道にテーブルがならび、旗がひるがえって、まるでお祭りのようだった。一年のうちの九カ月か十カ月、古いビルの一階にあるさまざまな料理店では、ほとんど二十四時間、おおぜいの客で賑わっている。ビルの新しい所有者にはじめてオフィスに案内されたとき、フラナリーはその界隈を見ておおいに乗り気になった。外交では日常的に陰と陽――柔軟な態度と断固とした姿勢――を使い分ける。やんわりと強制し、一歩も譲らないというジキルとハイド式の仕事にはうってつけの場所だった。

だが、きょうはそういう日常とはまったくちがう。

この六時間に起きた出来事のせいで不安にかられながら――それだけしかたっていないのか?――ダグラス・フラナリーは、居座っていた少数のシンポジウム参加者に注意を集中しようとした――この学者、ジャーナリスト、外交官たちは、ガリーナがいったように食事目当てで来たのではない。フラナリーは、内面では動揺していたが、外面は落ち着きを保ち、最後まで残っていた出席者たちに親切に接していた。時計を見て、ブライアン・ドーソンが来る前に全員を帰らせた。

警察委員の事務所から電話があり、派遣された警官ふたりがすぐに到着したため、フラナリーには考えたり準備したりするいとまがなかった。オプ・センターの人間が来ることを、警官達にはいわなかった――老獪（ろうかい）な外交官なので、揉（も）め事を起こさず穏便に済ませるコツを心得ていた。外部の人間とやりとりがあったことを警察に漏らしたら、どういうことなのかと問いただされるだろう。それは政治家としては拙策だ。

ドーソンとチェイス・ウィリアムズも気まずい関係になってしまうかもしれない。ドーソンに連絡しようとしたが、その前に警官が来てしまった。

警官は制服を着て、警戒していた。受付のイリーナが、デスクに来て防犯カメラで確認してほしいと、フラナリーにいった。表からはいれる入口はパール・ストリート側だけにあり、NYPDのパトカーが警官ふたりのうしろにとまっているのを、フラナリーは防犯カメラの画像で見た。ひとりはドアに向かって立ち、もうひとりはうしろに目を配っていた。アサルト・ライフルは持っていなかったし、拳銃も抜いていなかった。角の店でテイクアウトのピザを買おうとしているようにも見えた。

「だいじょうぶだ」フラナリーは、イリーナに指示した。

イリーナが電子ロックをあけて、ふたりを入れた。ブザーが鳴り、奇妙な角度のドアがあくカチリという音が、階段の下から反響した。古い木の階段を踏む靴音がつづき、重いケヴラー製戦術抗弾ベストを付けた警官ふたりのたてる物音が聞こえた。

ひとりが曇りガラスのドアの前に現われたので、フラナリーは進み出てなかに入れ、自分はドアとイリーナのあいだに立った。

「ダグラス・フラナリー大使ですね?」濃紺の制服のせいで青い目が水色のように見えている警官がきいた。バッジは金と青のエナメルだった。

「そうです」フラナリーはうなずいた。

「わたしはジャコビー警部、あそこにいるのはフォスター警部補です」一階でまだ通りを見ている警官を指差した。フォスターと呼ばれたその警官が、挨拶代わりに手を挙げたが、ふりむきはしなかった。「ニューヨーク市警本部（ワン・ポリス・プラザ）までお送りするために来ました」

階段は狭く、すれちがうことができないので、ジャコビー警部はフラナリーを通すためにオフィスにはいった。フォスターが外に出ないことに気づいて、フラナリーは突然、恐怖に襲われた。このふたりが殺人者だとしたら、逃げ場がない。心臓が肋骨にぶつかりそうなくらい激しく鼓動しはじめた。

フォスターが正面ドアを細めにあけるまでが、やけに長く感じられた。そこでようやく、フラナリーは大きな音をたてて息を吐いた。

つづいて、ふたつの物音が聞こえ、フラナリーは階段の最上段で凍り付いた。

アンドレイ・チェルカーソフは、長年この稼業をつづけているので、諜報活動や暗殺は勝ち目が変動する勝負だということを承知していた。

きょうは一日に二度暗殺をやったし、未解決犯罪の記録が世界中に残っている――

すべて、法執行機関が捜査を絞り込む材料になる。それに、語り草になっている仕事人生の終わりが近づくにつれて、チェルカーソフはそれを受け入れる気持ちになっていた。そうでなかったら、独特な名刺代わりの証拠をすべての現場に残すようなことはやらないだろう。それをやらなかったら、殺人はスナイパーの仕事とおなじように、技術本位で味気なくなる。そういう殺しには決め手になる証拠が残らないが、飽き飽きするだろう。飽きると注意がおろそかになるし、それは避けたい。敵に勝算をあたえるつもりは毛頭なかった。これはスポーツではなく戦争なのだ。しかし、チェルカーソフのような仕事についている人間の多くは、仕事の成功だけでは満足できない。敵を困惑させ、馬鹿にしたいと思う。それがなかったら、どの任務もおなじになり、殺人者は鋭敏ではなくなる。手がかりを残すことよりも、そのほうが危険なのだ。チェルカーソフが持っているカードは、隠すのが容易であるとともに、鋭さを失ってはならないことを、つねに思い出させてくれる。

世界全体が、仕事をはじめたころとは、まったく変わってしまった。至るところに防犯カメラがあり、カメラ付き携帯電話を持っている一般市民がいる。地下室にかくまわれている人々のことをナチスの協力者が密告するような町を、さらに悪化させたようなものだ。すべての人間が密告者、情報提供者、ナルシストで、メディアやインターネットで注目されたいと思っている。

おれがなにを目撃したか、見てくれ！　これを撮るために死にかけたんだぞ！

まもなく出国できるので、チェルカーソフはほっとしていた。しかし、その前にこの最後の任務を終えなければならない。

パール・ストリートとコーンティーズ・アレーの中間の路面に、長方形のプレキシグラスがはめこまれ、建築工事中に発見された昔のままの基礎と井戸が見えるようになっている。チェルカーソフは、それを見ているふりをしながら、パール・ストリート77の正面と裏を見張っていた。フラナリーがビルから出るときには正面に見えるはずだし、裏から正面を見張っているものがいれば、それも見えるはずだった。チェルカーソフの背後には現代的な高層のオフィスビルがあるだけで、そこに観測員がいないことは、すでにたしかめてある。どんなときでも、観測員を見つけるのは簡単だ。なにを見張っているにせよ、そういう人間はゆっくりと目を配ったり、本を読むふりをしたり、地図をひろげたり、メールを書いたりしているが、ほかのことに気を取られているような感じで、自分がやっていることに集中していない。かなり優秀な見張りでも、ドジを踏むことが多い。チェルカーソフは、付近の窓もすべて確認し、傾いている夕陽によって監視画像がぼやけるような暗がりに位置していた。そこに立ち、煙草を吸った——ニューヨークでは、それが戸外に立っている理由になるし、通行人は喫煙者には近づきたがらない。

パトカーがやってきたとき、プールにいる蛇のように、やけに目についた。警察の単純な戦略に、チェルカーソフは感心した。フラナリーと電話で話をしたあとだから、私服では偽警官だと疑われるおそれがある。徽章のついた制服を着て、パトカーで来れば、ほんものの警官だと納得するだろう。それに、警官の姿を見れば、暗殺者は攻撃を思いとどまるかもしれないという狙いもある。

逆に、暗殺者がアドレナリンを分泌させ、五感が鋭くなることもあるだろうと、チェルカーソフは思った。ビルはすでに下見してあり、ばかばかしいくらい侵入するのは簡単だとわかっていた。時間が逼迫しているので、NYPDは下見などしないはずだ。できるだけ早く到着して離脱することしか考えていないだろう。それに、警官をふたりしかよこさなかったのは、人数が多いと、刺客が警護班のまんなかにはいり込んだり、周囲を動きまわったりして、発砲せざるをえなくなったときに、同士討ちや副次的被害が起きるおそれがあるからだ。

「単純なやりかただが、安全面では大きな欠陥がある」チェルカーソフはつぶやいた。煙草を揉み消し、夕食を食べに来たウォール街の人間や観光客や学生で混雑している路地(アレー)に向けて歩き、人込みを通り抜けた。携帯電話は敵にもなりうるが、強い味方でもあった。半数以上が携帯電話に視線を落とし、しなやかな動きで人影がパール・ストリート77の裏口に向かっていることに気づいていなかった。そこの窓には鉄格子があったが、地階のハンバーガー・レストランへ通じているドアはあいていた。コックがドアの脇に立って、煙草を吸っていた。チェルカーソフはパックから煙草を一本出してくわえた。チェルカーソフはコックに近づき、階段の下にいるだれかに手をふるふりをして、火を貸してくれと頼んだ。

フープ・イヤリングを付けた若いアジア系のコックが、よろこんで火を貸そうとした。

「待ってくれ——これはやばい！」チェルカーソフはコックを押しとどめた。「吸うのは出てきてからにする」

「そうだな。セアラにこっぴどく叱られる、きょうだい！」

「前にもセアラに怒られたことがあった」チェルカーソフはにやりと笑い、訳知り顔でコックの肩を叩き、なかにはいっていった。

チェルカーソフは、飾り気のない鉄の階段を急いで下り、保存食が積んである棚のあいだを通っていった。ひと棟のビル、ひとつの構造物だから、どこかから上の〈ヨーク〉へ行けるはずだ。

調理場に通じている階段とドア二カ所のあいだに若い男が立ち、モップを絞っていた。ひとつは木のドアで、あいていた。流しがあり、清掃用品が置いてある物置だった。もうひとつのドアは鋼鉄で強化されていた。非常口にちがいない。

チェルカーソフは、用心深く、びくびくしている表情の若者に笑みを向けた。違法労働者にちがいない。口に一本指を当てて、チェルカーソフはドアのバーを押した。警報が鳴っても構わなかった。ニューヨークではいたるところでしじゅう警報が鳴っているし、ここはビルの正面から離れているから、警官たちも気にしないだろう。気にしたとしても、いったいなにができる？　チェルカーソフは思った。フラナリーをあっというまに始末できる。

警報は鳴らなかったが、すえた煙のにおいがした。

寒い冬には外に出ないでここで煙草を吸うから、警報が鳴らないようにしてあるのだろうと思った。金属の階段を、チェルカーソフは駆けあがった。階段は踊り場で向きを変え、三階の天窓と防火扉に通じていた。煙草のにおいは、そこが源だった。だれかが、おそらく数人が、最近、ここを使っている。防火扉をあけた。やはり警報は鳴らなかった。

防火扉の向こうは暗く長い廊下で、本、雑誌、パンフレットが詰め込まれている本棚が、いっぽうに並んでいた。チェルカーソフは横向きになって廊下の突き当たりへ進みながら、片耳をそちらに向け、話し声を聞こうとした――。

「――ワン・ポリス・プラザまでお送りするために来ました」

チェルカーソフは携帯電話を出して、メールを書いたが、まだ送信はしなかった。室内にほかの人間がいるかどうか、まだわかっていない。いるとしても、せいぜい二、三人だろうと思った。東欧ではもう午前零時を過ぎているから、雑誌や報道機関にどなり込むような人間はいないだろうし、政府の省庁も閉まっているから、〈ヨーク〉の活動は終わっているだろう。それに、シンクタンクの知識人たちは、コーンティーズ・アレーで飲み食いしている連中とおなじように、店で酒を飲みながら高邁な話をするのが好きだ。

本棚は共用の廊下の手前まであり、そこで最上階すべてを使っている複数のオフィスに出た。突き当たりにデスクに向かっている受付係が見えて、その向こうに警官がひとり立っていた。フラナリーはその警官の横を通っているところだった。

チェルカーソフは、身をかがめて受付のデスクに近づいた。携帯電話の画面に触れてメールを送信してから、躍りあがってデスクを跳び越した。

受付係がチェルカーソフのほうを向いて、悲鳴をあげた。階段の上にいた警官が足をとめてふりかえり、拳銃に手をかけた。だが、警官が拳銃を抜く前に、チェルカーソフが体当たりし、フラナリーといっしょに階段から突き落とした。チェルカーソフは、ドアの左右の脇柱をつかんで姿勢を立て直し、ふたりのあとから小走りに階段を下った。そのあいだに、鋭く削ったクレジットカードを出して、人差し指と中指のあいだから鋭利な縁が突き出すように持った。そうすれば、バックハンドで切り裂くことも、跳びかかって突き刺すこともできる。

階段の下にいたフォスター警部補がうしろを見て拳銃を抜いた。だが、フォスターが外の通りから目を離したときに、オルガ・ウードワが現われ、ドアをひきあけて、刃渡り一五センチのナイフを喉に横から突き刺した。フォスターが血しぶきをあげて倒れ、ウードワがその体を乗り越えたとき、ジャコビー警部とフラナリーが階段の下に落ちてきた。

フラナリーは衝撃の痛みでうめき、ジャコビー警部はフラナリーをかばいながら拳銃を抜こうとした。拳銃がホルスターから抜き出される前に、チェルカーソフがジャコビーの頸動脈を深く切り裂いた。ジャコビーは手摺（てすり）につかまって、なおも拳銃を抜こうとした。チェルカーソフが踵（かかと）をあげて、ジャコビーの手首を踏みつけ、骨をへし折った。

恐怖におののいているフラナリーを、ウードワが瀕死の警官の下からひきずり出し、まるで生贄の処女のように死んだ警部補の上に横たえた。チェルカーソフはジャコビーの上にまたがり、フラナリーのほうへ身をかがめた。

「これがおれの最後の殺しになる」チェルカーソフは英語でいい、最後の殺しを楽しもうとして、クレジットカードの縁をフラナリーの喉に向けた。

「チェルカーソフ!」

自分の名前、それも本名で階段の上から呼ばれたので、チェルカーソフはびっくりして思わずふりむいた。ビジネススーツを着た男が、突進してくる。オフィスで働いている男かもしれないが、そんなはずはなかった。何者なのか、チェルカーソフにはわからなかったし、どうして正体を知られたのかもわからなかったが、どうでもいいと思った。フラナリーを殺すのを阻止するのには間に合わないはずだし、失敗歴を残したくはなかった。チェルカーソフは、フラナリーのほうに向き直り、めったに見せない野生をあらわにして、クレジットカードを持った手を突き出し——。

パーンという音が通りから響き、薄いブリーフケースを持った痩せた男が、薄手の拳銃から一発をチェルカーソフの額に撃ち込んだ。チェルカーソフが仰向けに倒れ、ブライアン・ドーソンが手摺をつかんで、チェルカーソフの死体を跳び越えた。ドーソンはフラナリーとオルガ・ウードワのあいだに着地した。ウードワがナイフをふりあげて、任務を果たそうとしたが、熟練の戦闘員のドーソンが、力強い両手で彼女の手首をつかんだ。ドーソンがウードワをひざまずかせ、ナイフを落とすまで手首をねじった。マイク・ヴォルナーが大股に一歩進んで、まだ煙を吐いている拳銃の銃口をウードワのこめかみに押しつけ、立ちあがれないようにした。

ドーソンがナイフを拾って、うしろから階段をおりてきたイリーナに渡した。離れているように手で合図してから、フラナリーのそばで膝をついた。

「オプ・センターのブライアン・ドーソンです」ドーソンはいった。「動いてはいけません、大使。ひどい落ちかたでしたよ」

フラナリーは、怯えた目でドーソンのほうを見あげたが、怖れを知らない外交員魂がまだ残っていた。「これは……めったにないような自己紹介だな」

16

ウクライナ、キエフ
六月三日、午前十二時十分

強襲任務手順：ＡＩ

これも秘匿兵器が隠し場所にあると想定した訓練だ。それがあれば確実に損害をあたえられる。なかったら近接戦闘で損害をあたえるしかない。

ウクライナ軍特殊部隊チームは、ロシア軍施設の外で高い叢にうずくまっていた。ロシアはたいがいの森林地帯で草が高くのびるのをそのままにする。攻撃側に対する隠蔽に役立つが、ヨーロッパオオカミやヒグマなど、夜に獲物を襲う夜行性の捕食者も身を隠すことができる。山野の動物の咆哮は、ロシア軍にうってつけの早期警戒装置でもある。このプログラムに組み込まれている動物はヒナコウモリだけで、それが頭上すれすれを飛んだときに兵士は悲鳴をあげないようにしなければならない。
藪(やぶ)を利用するのには、べつの目的もあった。ヨシプ・ロマネンコ少佐はそれを利用できることを願っていた。

高さ三メートルの金網が基地を囲み、さらに五十三本ある鋼鉄の支柱の上に直径一二〇センチのレザーワイヤー（渦巻き状の有刺鉄線）が渡してある。その向こうには哨舎(しょうしゃ)を兼ねた掩蔽壕が地面から突き出し、さらにその向こうにはカンバストップの軍用トラックが十二台とまっている。その奥に、武器庫、管理部、指揮所、兵舎を兼ねた、灰色に塗装された軽量コンクリートブロックの四階建てのビルがある。遠くに飛行場がある。兵舎と飛行場のあいだ――現在位置からは見えない――に、ロシアの最新鋭の装甲車両がならんでいる。中心は2Ａ46Ｍ主砲と厚い複合装甲を備え、対戦車ミサイルを発射できるＴ‐72Ｂ1主力戦車だった。ウクライナ軍のタラス・クリモーヴィチ少将との戦車戦で屈辱的な敗北を喫したために、それで増強したのだ。ロシア軍の装備にはＢＴＲ‐82Ａ装甲輸送車もあるので、兵員を装甲で保護しながら高速で移動することが可能だった。二カ所に高さ一五メートルの監視塔があり、てっぺんのサーチライトがゆっくりと円を描いている。監視塔が無人機の精密照準を防ぐために、戦術防楯(ＴＡＳ)と呼ばれる強化された複雑な構造の大きな傘が監視塔の上を覆っている。ロシア軍は、

NATOの一個爆撃飛行隊の攻撃は予期していないのだ。

基地強襲を準備しているチームが携帯している兵器は、その日の数時間前に使用したのとおなじヴェープル・アサルト・ライフルだった。〝ヴェープル〟は〝猪〟を意味し、五・四五×三九ミリ弾を使用し、ガス圧作動／ロテイティングボルト式で、一分間に六百発ないし六百五十発を発射できる。弾倉は三十発入りだ。ただ、バイオニック・ヒルの兵器研究所の地下に設けられた現実の世界の射場で、兵士たちが一時間かけて訓練したので、状況は前回とはまったく異なっていた。兵士たちはアサルト・ライフルの威力――とそれがあたえてくれる自信――を頭脳と肉体の両方で実感し、いまもその意識が強く残っている。

ロマネンコ少佐は、チームの前で祈っているような格好で片膝をついた。たしかにそういう面もあった。勝利を祈っていたし、それに関する指示は単純明快だった。

「Xと記されたターゲットに射撃を集中し、ぜったいに退却してはいけない」

がっしりした体つきのロマネンコは立ちあがって向きを変えるあいだに、長い兵舎(ロング・バラックス)の反対側でハヴリロ・コヴァルが、ヴァーチャル・ドロップダウン・スクリーンを使って、ロマネンコが先ほど指定したロシア軍基地周辺防御の数カ所それぞれにX印をつけた。ロシア軍の新基地の詳細がいまだに明確ではないことに、コヴァルはすくなからず不安を抱いていた。ニューヨークの工作員ふたりを失ったため、アメリカの情報経路から正確なデータを得るのが難しくなった。正式な記録に残さないこの手の作戦に、キエフ - ワシントンDCの通常の人脈を使うことはできない。

ロマネンコが片手をあげた。「わたしの合図でチームAが前進！　陣地を確保するまでチームBが掩護！」

手がふりおろされ、四人が教練でやったとおりに移動した。街のすぐ外にある八・二ヘクタールの乾いた涼しい土地での夜間訓練で、四人は匍匐(ほふく)前進の技倆を身につけた。そこで暗視ゴーグルにも慣れた。暗視ゴーグルは先端が重く、最初は付けていると動きづらかった。いまでは、ターゲット、ことに動くターゲットを、すこしぼやけているモノクロに近い画像で見分けられるようになった。視野が狭いので、しじゅう首を左右にまわさなければならないことにも慣れた。

アバターのひとりがヴァーチャル・リアリティの映像で金網を切り、開口部をこしらえる音が聞こえた。ロング・バラックスではそのアバターに相当する兵士が、腹這(はらば)いになり、コンピューター合成の映像の動きをまねていた。べつのひとりが前進し、開口部をふたりが押さえているあいだに、あとの兵士が腹這いでもぞもぞとはいっていった。ロマネンコが先頭だった。順番を待つ兵士たちが、ヴェープルを突き出して身構えていた。金網を通り抜けた兵士は右か左に転がり、チームBのために場所をあけて、アサルト・ライフルの銃口を正面に向けた。二チームそれぞれが、前方を向いた縦列を組んだ。退却のとき以外は、その隊列を崩さない。ときどき左右を掃射しなければならないこともあるはずだが、暗視ゴーグルのせいで視野が限られているので、列を乱すと同士討ちのおそれがあるからだ。

全員が金網を抜けると、Xが固まっているところへ進んでいった。コンピューター合成の敵兵が駆け出してきて、熾烈な射撃によって薙ぎ倒された。チームAが腹這いになって掩護し、撃ちながら鉛筆のように横転してあらたな位置へ移動し、ふたたび射撃を開始した。チームBはそのまま前進し、チームAが前進するときには、おなじように掩護射撃を行なった。兵士全員が停止するのは、サーチライトの光がそばを通るときだけだった。移動中に直接の交差射撃を浴びないように、動くタイミングを計り、連携していた。

だれも口をきかなかった。ロマネンコの手の合図で全員が動いていた。指揮官もまた、脳に灼きつけられた計画どおりに動いていた。

予測できないものもプログラムによって作られていた。ホリネズミの巣穴、モグラが盛りあげた土――そしてコウモリ。兵士たちは、訓練でやってきたとおり、たくみに対応した。近いほうの監視塔の敵兵が見えるくらいに接近していた。距離は約三〇〇メートル。ウクライナ人たちの姿も敵に見えているはずだった。

数人が息を呑む音を、コヴァルは聞いた。すこしでも腹をひっこめて小さくなろうとしているのだ。それも役立つかもしれないが、彼らが強制されている戦闘は、あらゆる面で限界を超えていた。とはいえ、ロマネンコの訓戒が耳に残っていた。「肉体をしっかりと存在させれば、意識がさまようことはない」

掩蔽壕から歩哨がひとり出てきた。チームからは二時の方向にあたる。雲のない空の下で用を足すために出てきたのだ。

ロマネンコのチームは、動きをとめ……息もとめた。それもプログラムに無作為につけくわえられた事柄だった。叢をざわざわ揺らす風まで加味されていた。歩哨が野原のほうを見た。

コヴァルは、これほど音もなく伏せている男たちを見たことはなかった。生身の人間そっくりのマネキン人形というよりは、ポンペイの遺跡から発見された石像のようだった。すべての動きが不意にとまっていた。

歩哨が小用を終えて、ぶらぶらと掩蔽壕に戻り――警報が鳴り響いた。クラクションの音の高さと抑揚で、どこを照らせばいいかを監視塔に伝えているようだった。

「攻撃！」ロマネンコが叫び、立ちあがると同時に突進した。

先頭のロマネンコのあとから、七人が二列になって前進した。哨所の覆いに向けて走り、なかから出てこられないように弾丸を浴びせた。チームBのふたりが、野原を掃射した監視塔のRPK軽機関銃（RPKは〝カラシニコフ中隊機関銃〟を意味する）二挺の弾丸を浴びて倒れた。いまのところは、発見されていない。退却して態勢を立て直せるかもしれなかった。

ロマネンコが掩蔽壕に達して、対人用の破片手榴弾をコンクリートの構造物のなかに投げ込んだ。なかにいた敵兵はひとり残らず死んだ。部下になかにはいれとは合図しなかった。集合しているあいだに敵が組織だった防御をまとめるおそれがある。ロシア軍に背後から攻められたくはなかった。

チームBの生き残りに、掩蔽壕を利用して監視塔を惹きつけるよう合図してから、ロマネンコはチームAを率いて、ターゲットを目指した。その建物の一階のドアと窓に、〝X〟が記されている。そこは指揮所だった。ロマネンコは、ロシア軍の幹部将校を血祭りにあげたいと考えていた。

もう匍匐前進している時間はなかった。ロマネンコの合図で、兵士たちは一直線の縦隊で突進した。ひとりが倒れたが、脚を撃たれただけだった。敵は窓から撃っていたので、ロマネンコは応射し、敵兵は奥に後退した。ロマネンコはなおも前進し、まるで機械仕掛けのように、魚雷のように、部下たちが追随した。窓とドアに絶え間なく銃弾を浴びせた——身の安全を考えてヘビのようにくねくねと進んでいたら、そういう射撃はできない。

武器庫と指揮所までの距離は、いまや五〇〇メートルほどだった。ロマネンコはそこまで到達して襲いかかりたいという衝動にかられて、言葉にならないうなり声を発した。もうすこしで到達する——。

ビルの手前で爆発が起きて、ウクライナ軍の兵士は押し戻された。低いズズーンという音と鋭い口笛のような音。地雷ではない。

ロマネンコは、チームのふたりとともに殺られた。残ったのはふたりだけだった。アバターではない本物の指揮官は、なおも前方を見ていた。

戦車だ。戦車二両が、ローマ軍に向かって突撃するハンニバルの象のように、指揮所ビルの蔭から出てきた。第二の爆発が起きて、最後のふたりの体もずたずたにちぎれた。

§

「終わった」ロマネンコはいった。

七人の兵士が起きあがって、暗視ゴーグルをはずした。数週間前、これがまだゲームのように思えていたときには悪態を吐いたが、いまは言葉を失っている。

「十分後にもう一度やる」ロマネンコが煙草に火をつけながらいい、ロッカーから携帯電話を出した。「戦車はなしにしろ」と肩越しにコヴァルに命じた。

「考慮するべきでは――?」

「いや、いい」ロマネンコはさえぎった。「戦車は確実に排除される。部屋とトラックは予約したか?」

「しました」コヴァルが答えた。「なんなら、それ以外のことも手配しますが」

「それだけでいい」ロマネンコは、鋭い口調でいってからつけくわえた。「司令官はおまえにほかの用事をいいつけるだろうし、それ以外のことはわたしがやる。ありがとう」なんとか苦笑いだととれるような笑みを浮かべた。「わたしにもかつては私生活があったんだよ」

「わかっております」

ロマネンコは、かすかに緊張をゆるめた。「声を荒らげてすまなかった。やることが山ほどある。小屋へ行く」

それがどういう意味か、コヴァルは知っていた。「届いています」といった。

ロマネンコは答えなかった。それが返事だった。

「なにをやることになるのか、ご存じですね？」コヴァルはきいた。「作戦のことではありません。つまり——これは時計を動かしはじめます。わたしたちにその覚悟はありますかね？」

「一カ月待っても、なんにもならない」ロマネンコはいった。「こういう任務をやる覚悟ができている人間など、どこにもいない。しかし、ニューヨークでの事件によって、国外だけではなく国内でも、われわれのやろうとしていることが暴かれるおそれが生じた。われわれは動き出すしかない」

コンピューター・エンジニアのコヴァルがノートパソコンのほうへ行ってプログラムを修正するあいだに、ロマネンコはロング・バラックスを出て、電話をかけた。コヴァルが、画面の時計を見た。

ロマネンコのいうとおりだ。行動を開始する潮時だった。

コヴァルははじめて怖くなった。だが、作戦で自分がつぎに果たす役割を知っていたので、そのやりがいのある仕事を楽しみにしていた……それに、うまくすると、ウクライナも国際社会も経験したことがないような出来事が起きる。

17

ヴァージニア州スプリングフィールド
フォート・ベルヴォア・ノース
オプ・センター本部
六月二日午後七時四十六分

オプ・センターを引き受けたとき、チェイス・ウィリアムズはフォート・ベルヴォアについて感心したことがひとつあった。売店（PX）のフードコートが充実していることだ。ファストフード店やコーヒーショップが数多くあるのは、便宜のためだけではなく安全策でもあった。一九四〇年代とまったくおなじ食堂と代り映えのしないメニューしかない基地では――ところによっては調味料も古臭いものしかない――外国の諜報員が基地の外のピザ店、中華料理店、ハンバーガー店、タコス店などを監視していることが多い。予定されていた会議のときに、連邦政府の機関はたいがい政府の予算で大量の食事のケータリングを頼む。しかし、指揮所や政府機関が会議の場所で大人数分の注文を出せば、それらの組織の要員が重大な危機に取り組んでいて、全員が召集されている可能性が高いとわかる。

だから、食事はフードコートの〈アンソニーのピザNo1〉、〈タコベル〉、〈チャーリーズ・スティーカリー〉に注文する。部下たちがオプ・センターに泊まり込むときには、ウィリアムズが自腹を切ることになっていた。ウィリアムズはよろこんでそうした。自分の名声を高めてくれるのは、彼らなのだ。

テロ対策局長のアイリーン・ヤングが、ロウワー・マンハッタンの銃撃事件について記者会見を行なう直前に、食事が届いた。チームは記者会見をテレビで見ながら食事をした。

ウィリアムズはすでに、ブライアン・ドーソンやマイク・ヴォルナーと話をしていた。ふたりとも犯罪で告発されてはいなかった。まったくその逆だった。

「おれたちは、二〇一五年にパリ行きの高速鉄道で起きた銃撃事件の鎮圧を手伝ったアメリカ人三人みたいな扱いを受けましたよ」ドーソンがいった。「NBCのメーガン・ケリーに、テレビに出演してほしいといわれました」

「あいにく、それは無理だな」ウィリアムズはきっぱりといった。

オプ・センターの局員はすべて、明文化された規定によって、上司がコメントの内容を承認しない限り、作戦関連の事柄を話すことを禁じられている——今回は、ウィリアムズかアンの承認が必要とされる。質問は事前に提出されるはずだが、それでも高度の機密に属する雇用の特質が暴かれてしまう。

「規則上はそうだとわかっていますよ」ドーソンがいった。「でも、ためしに話をして反応を見るのは、けっこう役に立ちますよ」

作戦部長のドーソンが、テレビに出られないのが残念なのか、それともカロライナに踏みにじられた自尊心を取り戻したいと思っているのか、ウィリアムズには判断がつかなかった。

ヴォルナーはもっと口数がすくなかった。チェルカーソフを撃ち殺したのは自分だからだ。撃ったことよりも、瞬時の判断で発砲したことのほうが、軍人や法執行官にあたえる影響が大きいことを、ウィリアムズは経験から知っていた。

ウィリアムズは、ヤングとも話をした。ヤングは部下の警官ふたりが死んだことにまだ気持ちの整理がついていなかったが、オプ・センターのふたりの行動に感謝していた。対応も考慮しているところだったが、オプ・センターのふたりは告発されず、オプ・センターに属していることも伏せると約束した。

午後八時に記者会見がはじまると、アン、ポール・バンコール、ロジャー・マコード、ジェイムズ・ライトが、大型モニターを眺めた。海軍のベセズダ医療センターの常勤精神科医のメガン・ブルーナがテレビ会議で参加した。

ワン・ポリス・プラザのプレスルームの演壇には、ヤングにくわえて警察委員長と市長が彼女の右に、ドーソンとヴォルナーが左にいた。フラナリーは出席していなかった。フラナリーは警官の護衛付きでベルヴュー病院にいて、階段を落ちたときの切り傷や捻挫（ねんざ）の治療を受けていた。

小柄な銀髪のテロ対策局長は、報道陣に礼を述べてから、殉職した警官ふたりを褒（ほ）めたたえ、悲しんでいる遺族にお悔やみをいい、祈った。それから、左側の〝アメリカの英雄たち〟を紹介し、ダグラス・フラナリー元大使の命が危ないという情報を伝えられたあと、あまり注意を惹かないように元大使を保護することを決断したと説明した。

「護衛を小規模にしたことについて、責任逃れしようとしているのかな」バンコールがいった。

「そうとはかぎらない」ライトがいった。「車列を用意して連携させるよりも、パトカーを一台送るほうが手っ取り早い。急いで脱出させようとしたのは、正しい判断だった。ことに彼らが行ったようなビルでは」

「屋内から襲撃されたと、ブライアンがいっていた」ウィリアムズは指摘した。「警官の人数が多くても、役には立たなかっただろう」

「それに、現場には40M M(マイク・マイク)がいたし」マコードがつけくわえた。

ヴォルナーは、休暇中の特殊部隊兵士だと紹介された。ドーソンはフラナリーの友人で、〈ヨーク〉とのコンサルティング業務を話し合うために来ていたことになっていた。ふたりの詳しい経歴が知りたいという質問は、かわされた。チェルカーソフについては、ロシア生まれの暗殺者だということがわかっているだけで、何者に依頼されたのかは〝不明〟だとされ、身許不詳の仲間については、手術を終えたあとでNYPDとFBIが詳しい情報を突き止めることが期待されている、と説明された。

「彼らはこれとモスクワのつながりを隠そうとしている」マコードがいった。だが、国務省とモスクワがひそかに話し合っていることを、だれもが察していた。殺人者がニューヨークで野放しになっていて、外国人ふたりとNYPDの警官ふたりを殺したのだから、重大な問題だった。

ウィリアムズがモニターを消し、全員が食事を終えて、タブレット――マコードの場合はレターサイズの黄色い用箋(ようせん)——を出した。紙にメモすれば、シュレッダーにかけることができ、電子の足跡は残らない。

「ロジャー、例の動画からわかったことは、ほかにもあるか?」ウィリアムズがきいた。

「兵士が映っていない静止画像を地質調査所の友人に送りました」マコードがいった。「あのグラフィックスは二〇〇八年に国際通貨基金(IMF)が行なった測量に基づいています。提案された経済支援プログラムの一環として、土地を評価するために行なわれたんです。測量隊が現地にいたときに、クルスク州議会——ロシアの地方政府の立法部門——が、共同ベンチャーの候補地としてスッジャやその他の町も調べてほしいと頼んだんです。コンピューターグラフィックスは、そのときの測量と一致しているし、測量のデータは公開されているので手にはいります」

「ロシア軍基地について、われわれにわかっていることは?」ウィリアムズはきいた。

「工作員ふたりがそのために命を失ったデータのことですね?」マコードがいった。衛星画像をモニターに呼び出した。数秒ごとに更新され、フェンス、建物群、四カ所の監視塔、飛行場があり、戦車と装甲輸送車が列をなしていた。

「どういうことだ?」ひとつの画像がひらめいたとき、ライトが身を乗り出した。

「フェンス際のBTR‐82装甲輸送車のことか?」マコードは、画像を一時停止させた。「訓練中ではない。警戒任務についている」

一同は、八輪駆動の車体の低い車両をしばし眺めた。背中に瘤(こぶ)がある迷彩模様の四角いカブトムシのように見える。

「MARSOCにいたとき、これが使われるのを見たことがある」海兵隊特殊作戦コマンド(MARSOC)の情報大隊大隊長だったマコードがいった。「砲塔には一四・五ミリのウラジーミロフ戦車用重機関銃(KPVT)二挺と七・六二ミリ口径のカラシニコフ戦車用機関銃(PKT)一挺が標準装備だ。これらの機関銃が取り付けられていないので、出撃準備ができているとはいえないが、防御モードなので、それは重要ではない。八一ミリ発煙弾が六発あるので、文字どおり煙の戦争を引き起こすことができる」

「動画には映っていなかったな」ウィリアムズはいった。

「だからフラナリー元大使を通じて情報を得ようとしていたんですよ」バンコールがいった。「ウクライナ側は、基地になにがあるのか見当もついていないにちがいない」

ウィリアムズは、憂いを帯びた沈黙を破った。

「ヴァーチャル・リアリティ――のプロトタイプをプーチンが見たら、どういう反応を示すだろうかと話し合ったことがあったな」ウィリアムズはいった。「ニューヨークでの殺人が、彼の反応だろうか？　警告だったのか」

「だれに対する警告ですか？　ウクライナ政府？　それともアメリカ政府？」マコードが、不吉なことを口にした。「プーチンはわれわれがスッジャを監視しているのを知っていて、情報を共有させたくなかったにちがいない」

「元大使を犯罪者に付け狙わせるのは、逆効果じゃないの？」アンが疑問を投げた。

「なにか意見はあるかな、メガン？」ウィリアムズは、彼女の画像を自分のコンピューターからモニターに切り替えた。

「プーチン大統領は、衝動的でリスクをとり、簡単に即決する」メガン・ブルーナがいった。「というのが二〇〇一年初頭にプーチンが最初に大統領に就任したときの国防総省によるプロファイルでした。父親や兄が直面したような危険に彼は直面していないが、そういう危険に直面したときには、無意識に行為で力量を示そうとするだろうと思われます。とにかく、やる必要があると思ったことをやり、自分の国にどういう影響があるかはあまり考慮しない」

「自分への影響も？」アンがきいた。

「口先だけで自慢し、威張った態度をとることから、それがわかります」メガンはいった。「自分は無敵だと思って行動し、重大なことをやって無事に切り抜けると、もっと無敵になったと思うようになるんです」

「掩蔽壕に追い詰められ、銃口をくわえるまでは」マコードがいった。

「でも、ヒトラーとロシアの独裁者たちを同一視してはいけません」メガンが指摘した。「レーニンやフルシチョフのことを考えてください。彼らは数百万人を投獄したり殺したりして、自分たちのまわりの安全圏を拡大しました。プーチンもまた、そのプロセスを二年前に開始し、それが公になってもまったく気にしていません」

二〇一五年にプーチンの政敵のボリス・ネムツォフが銃撃によって殺害された事件のことだ。ネムツォフは赤の広場のレストランで恋人と食事をして、彼女のアパートメントに向かった。橋を渡っているときに、白い車がそばを通過し、五十五歳のネムツォフに銃弾四発が命中した。

一同は、その情報のことを考えた。

「ポール、これはきみの得意分野だ」ウィリアムズはいった。

国際危機管理官のポール・バンコールが、ゆっくりと息を吐いた。「ヴァーチャル・リアリティ・プログラムにふたつの目的があると想定しましょう」バンコールはいった。「ひとつは強襲の訓練です。もっと簡単に創れる精密なコンピューターグラフィックスではなく、VRを使うのは、そのためとしか考えられません」

「国防総省には両方がある」マコードが指摘した。「いっぽうは現場に即した教練のため、もういっぽうは単純な教育資料だ」

「そのとおりです」バンコールはいった。「ふたつ目の目的は、ＶＲのアルファ版をロシア側にリークし、プーチンが国境地帯で築城（防御を向上させるとともに戦闘力を発揮しやすいように土木工事や建物の構築を行なうこと）を行なうように仕向けることにある——一カ所、二カ所、もしくは三カ所の基地、もしくはすべての基地を。なぜか？」

「どういう展開を行なうかを見届けるためだ。ブユにいらだって、プーチンが先に攻撃を仕掛けることも考えられる」ウィリアムズはいった。

「まさにそのとおり」バンコールは、モニターを見た。「メガン？　彼はどちらをやるだろうか？」

「まちがいなく、攻撃するでしょう」メガンがいった。「彼のＤＮＡにはそれがある。財源があったら、東欧を席巻して、ソ連を再建させたいでしょう。そういう野心を、プーチンは隠そうともしていません」

「だが、いまはできない」マコードがいった。「ＮＡＴＯがあるからできないのではないと、わたしは思う」

「同感」ライトが、相槌を打った。「彼は女の子の肩に腕をまわして、徐々にものにしようとしている男みたいなものだ」

アンが、とがめるような目を向けた。ライトは肩をすくめた。

「その比喩は感心しないが」ウィリアムズもとがめるようにいった。「ジムのいうとおりだ。プーチンはNATOを刺激して、結束をじわじわと突き崩そうとしている。結果を知っていて、盛りあがりをじっくり楽しんでいるポーカー・プレイヤーのように。ロジャー、プーチンが軍事行動に踏み切った、ウクライナと戦争になる……ふたたび。ロシア軍は前線が薄くのび切っている。問題は、軍事行動を起こして敗北したらどうなるかということだ」

「メガンがいったことを考えると、それがプーチンの最大の懸念です」マコードが答えた。「ウラジーミル・プーチンは敗北しない。倒れるときには、あらゆる人間を道連れにする」

「長官、わたしたちはどうすべきかと質問しましたね？」バンコールがいった。

ウィリアムズは、一度うなずいた。

「『金剛般若経』は、沈殿する条件を取り除けば、原因と結果を支配できると教えています」バンコールはいった。「これがどういう方向へ進むのか、われわれにはわかっていませんが、どういう結末を迎えてはならないかはわかっています」

18

カリフォルニア州サンタバーバラ
六月二日、午後五時十六分

チンギス・アルタンホヤグは、夜明け直後に、サンタバーバラを見おろすサンタイネス山脈に着いた。コンピューターサイエンス専攻のチンギスは、六年間の熱心な勉学――夏休みだけはとった――のあとで、はじめての本格的な旅行をしようと決意していた。

恋人のプライド・マヘロナ・デンベレがいっしょだった。サンフランシスコで気候学を専攻している二十五歳のプライドが、プリウスに荷物を積んで、南に向けて走らせた。カリフォルニアに住んでいたネイティブ・アメリカンがかつて見たような夜明けを、謎(なぞ)めいた壁画が描かれている洞窟(どうくつ)の壮麗な風景のなかで見たいと、ふたりは思っていた。

夜の闇のなかでゆっくりと車を走らせ、国道101号線をそれて、フットヒル・ロードにはいり、ミッション・キャニオンを通過した。標高一〇〇〇メートルを過ぎると、断崖の上に霧がかかった。ふたりは車をおりて、ひんやりする細かい霧のなかでなにも見えないまま、岩棚に腰かけた。ときどき、頭上近くからヒューッという音が聞こえた。かなり大きな音で、猛禽類ではないようだったが、それでも車から毛布を出して頭からかぶった。やがて、陽光が霧を貫くと、上昇気流に乗って太平洋まで行けるように、早朝にハンググライダーを飛ばしているのだとわかった。

その時刻ではまだ自然界の色がくすんでいたので、ハンググライダーの大きな翼の鮮やかなブルーや赤がひどく目障りだった。人為的な邪魔がはいったことにプライドが憤慨したが、プリウスも環境にやさしいとはいえよそ者なのだと、チンギスは指摘した。

「あなたは弁護士の息子そのものね」プライドがいった。「どんなことにも抜け穴を見つけるのね」

「母は植物学者だよ」チンギスはやさしく応じた。「それに、ぼくはどんなことにも美しさを見出す」

すぐ上の野原にとまった万華鏡のような彩(いろどり)のオオカバマダラを指差して、チンギスはプライドの注意をそらした。プライドが携帯電話を出して、動画を母親に送ってから、ふたりは朝食を食べた。そして、夕方まで山歩きをして、あちこちを見てまわった。昼間のあいだ毛布の下でうとうとしながら愛し合い、太陽が大海原の上に傾きはじめたころに起きあがった。橙色(だいだいいろ)の光を放つ蠟燭の炎のような夕陽が、水平線に向けて沈んでいった。

夕食のためにふたりが街に戻ろうとしたときに、チンギスの携帯電話が大好きな作曲家バート・バカラックの曲の単調な着信音を発した。

「母だ」チンギスは苦笑して、受信状態がよくなるように、車の外に出た。

「もしもし(バイナ・ウウ)、母さん」チンギスは電話に出た。

「チンギス、助けて！」母親がモンゴル語で叫んだ。

チンギスは、ボンネットに寄りかかっていた。「母さん？」眉をひそめて身を起こしながらいった。

「ほら……話を……する——」

べつの声が、母親の声をさえぎった。「おまえにききたいことがある」男が注意深い口調のモンゴル語でいった——モンゴル人ではないと、チンギスにはすぐにわかった。「おまえはヴァーチャル・リアリティ・プログラムを創った。だれのためにやったかいわないと、母親の寝具が引き裂かれるあいだ、おまえの父親の悲鳴を聞くことになるぞ」

最初は、男がなにをいっているのか、理解できなかった。チンギスは言葉を失って立っていた。布が引き裂かれる音と両親の悲鳴を聞いて、我に返った。

「母さん！」チンギスは叫んだ。

プライドが車をおりて、チンギスの側に歩いてきた。チンギスは遠ざかった。父親が悲鳴をあげ、母親が泣きじゃくっていた。

「母さん！」チンギスはまた叫んだ。

男の声がまた聞こえた。「母親には手出ししていない」冷静な声で、男が請け合った。「いまのところは。父親はそのそばで手錠をかけてある。この齢の男にしては、かなり精力的にもがいている」

「おまえはだれだ？」チンギスは語気鋭くいった。

「おれの質問に答えろ、小僧。さもないとおまえの母親が辱(はずかし)めを受ける」

チンギスは、海とくっきりしたブルーと紫の空を眺めた。目の前の静謐な景色と、電話から聞こえる暴力的な音があまりにもちがうので、まだとまどっていた。プライドが腕に触れたので、チンギスははっとして一歩離れた。

自分の仕事は注目されるだろうとわかっていたし、職を探すときにはそのプログラムを利用するといいと奨励されていた。しかし、こういうことが起きるとは注意されていなかった。

「スタンフォードの元准教授に依頼された。ハヴリロ・コヴァルという大学院生だ」

「ウクライナ人だな？」

「そ、そうだ」

「そいつはどこにいる」

「キエフ」チンギスはおろかにも口走った。

「キエフのどこだ？」

「バイオニック・ヒルに彼のオフィスがある」チンギスはいった。

「報酬はどうやって支払われた？　だれが出した？」

「ワイヤー・トランスファー……たしか……TSLとかいう会社だった」チンギスはべらべらとしゃべった。「それ以外のことはなにも知らない」

「確認する」電話の相手がいった。「嘘(うそ)をついていたり、情報を隠したりしていたら、また来る」

「嘘じゃない――誓う！」

男が電話から顔をそむけるのがわかった。「おれが来たことをおまえたちがだれかにいったら、チンギスはカリフォルニアで死ぬ。わかったか？」

両親がわかったと答えるのが聞こえ、チンギスもふるえる声で理解したことを伝えた。

かすかなドサリという音と、特徴のある音が聞こえた。

「母さん、父さん？」チンギスは電話に向かっていった。

「聞いているわ」母親が答えた。

「あの男は出ていったんだね？」

「ええ」母親が答えた。

カチリという音が聞こえた――手錠をはずしているのだろうと、チンギスは思った――つづいて、両親が泣いているのが聞こえた。チンギスは、数メートル離れたところに立っていたプライドのほうを向いた。美しい顔が沈む夕日を浴びて赤く輝いている。プライドは、深い同情と懸念の色を浮かべていた。

チンギスは、安心させようとして、弱々しい笑みをこしらえようとしたが、笑みは浮かばなかった。

「チンギス?」

父親の声だった。「はい」

「男は——わたしが裁判所へ行こうとしたときにはいってきた。マスクを付けていた」父親がいった。「殴られた……なにもできなかった」

「だれもあなたを責めませんよ」母親がいうのが聞こえた。

「チンギス、当面、この話はするな」父親が注意した。「友人にも、プライドにも話してはいけない」

「わかりました」チンギスはいった。

「それじゃ、切るよ……またあとで電話する」

電話が切れると、チンギスはその場に佇(たたず)んだ。プライドが一歩だけ近づいた。

「なにがあったの?」プライドが、そっときいた。

チンギスは、プライドのほうを向いた。「いえないんだ。もう行こう。北に戻ろう。すまない」

そばを通って車に向かうチンギスの腕に、プライドがそっと触れた。ついさっきまでは、秩序正しかった世界と有望な未来に帰っていくはずだったが、それが突然、混沌に陥ってしまった。

19

ヴァージニア州スプリングフィールド
フォート・ベルヴォア・ノース
オプ・センター本部
六月二日、午後八時四十四分

チェイス・ウィリアムズは、全員を家に帰らせたが、アンだけは残った。太極拳に行くときはべつとして、ウィリアムズが退勤してもたいがいアンは残る。他の情報機関すべて――アメリカの情報機関だけではなく世界中の情報機関――からはいってくる情報を把握するには、九時から五時までの勤務では追いつかない。また、それを安全にやれる場所は、ここしかない。

じつのところ、ウィリアムズとアンはいっしょにいる時間があまりにも長いので、ふたりが性的に惹かれ合っていないのが、周囲の人間には不思議に思えた。アンがオプ・センターではだれに対しても事務的な態度で接していることと、私生活がかなり秘密めいていることが、そうならない原因でもあった。だが、ウィリアムズは、オプ・センターでも軍にいたころも、一貫してこんなふうだった。若くして亡くなった女性と〝熱烈な結婚生活〟を送っていたと、本人はいう。その後ずっと彼女の死を悼み、仕事に没頭してきたために、そういうありようが固まって、生涯、女性と付き合わないようになった。ウィリアムズは、パーティでは愛想よく、女性にやさしく、興味を示し、魅力を感じているように見えた。しかし、それ以上は求めないし、気が向いていないのがありありとわかる。だから、ドーソンやライトが相手のときとはちがって、女性はウィリアムズと深く関わろうとはしない。逆にウィリアムズからすれば、ドーソンやライトとたまに飲みにいくときに、ふたりの話を聞いていると、彼らがいた部隊や職場はすべて、一夜を過ごす女性を選りどり見どりできる場所のように思えてくる。失恋もあるし、気まずくなって女性が異動を要求することもある。ウィリアムズは、同僚たちの話を聞いて、世界がうまく機能しているのは驚異的だと思っていた。

チームのほとんどが帰宅するとすぐに――アーロンはまだギーク・タンクでヴァー

チャル・リアリティ・プログラムをいじくり、さらに秘密を探り出そうとしている——ウィリアムズはオレンジジュースを注ぎ、マット・ベリー大統領次席補佐官の携帯電話に電話をかけた。

「チェイス！」ヒューストン生まれのベリーが、南部なまりでいった。「われらが英雄は元気か？」

「白い帽子を買ってやったほうがいい。正義の味方だとわかるように」

「ワーオ、冷笑的になっているのか？」

「ちがう」ウィリアムズはいった。「極度の疲労だ」

「待ってくれ——バーにいるんだ。表に出る」

ウィリアムズが思ったとおり、ひとと交流したいという自然の遺伝子は自分のなかでは冬眠しているが、他人の場合はそれが活発に活動しているようだった。

「すまないね」ベリーがいった。「首都の春の宵（よい）だからな。それじゃ、アメリカ合衆国大統領（POTUS）が知る必要があることが持ちあがったんだな？」

ふたりとも、秘密保全がほどこされていない回線だというのを意識していた。

「いますぐにというわけではないが、もうすぐ熱くなる」ウィリアムズは答えた。

「それに、メールでは書き切れない分量だ」

「わかった。電話を一本かけてから、折り返し電話する」ベリーがいった。「オフィスにかけようか?」

「そうしてくれ」ウィリアムズは答えた。

電話を切り、注いだのを忘れていたオレンジジュースを飲んだ。

「帰ったほうがいいんじゃないの?」

ウィリアムズは目をあげた。戸口にアンがいた。

「帰る」ウィリアムズはいった。「ミドキフ大統領にブリーフィングすることになるかどうか、連絡がくるのを待っているんだ」

「長官の考え? それともだれかに嗅ぎつけられたんですか?」

ウィリアムズは、親指を自分に向けた。

「大統領がなにをいうと期待しているんですか?」

「難しい質問だな」ウィリアムズは答えた。「こういう問題が持ちあがるときはいつも——心のなかで葛藤(かっとう)が起きるものだろう? 自分の能力すべてが試されるような、国際的な舞台での大きな難題を望むのか——それとも家に帰ってテレビを見るか?」

「葛藤なんかありません」アンがいった。「わたしは戦争よりも平和を管理するほうが好きです。だから、一生の仕事として公務員を選んだのでしょうね。家族がベルファストをあとにしたとき、わたしは物心がついていたから、町や店や学校に緊張がみなぎっているのを憶えているわ。いまのアメリカにもそれが感じられる。ミドキフの力強く大胆な戦争にもかかわらず」

アンがいうのは、国内でフットボール・スタジアムやショッピング・モールが連続テロ攻撃された事件のことだ。すべてテヘランと結びつきがあった。そのため、イランを相手に短く効果的な戦争を行なって、敵対する力を弱めた。しかし、そのためにミドキフは大規模な国内政策を縮小せざるをえなくなり、巨額のコストを要する国外での冒険的政策には二の足を踏むようになっている。それによって、オプ・センターは直接の利益をこうむっている。国際・国内危機を管理する作業が増えることを、利益と呼んでいいかどうかはべつとして。

ウィリアムズは、またジュースを飲んだ。「世界は怒り狂っているが、わたしたちのような人間もいる。アイルランド系プロテスタントと、カリフォルニア生まれのカトリックが、いっしょに働いてる」

「わたしたちは憎悪に燃えてはいない」アンがいった。「でも、わたしたちはアメリカン・ファーストでもある。自分はハイフンでつなぐような分類にはあてはまらないと、私は思っています。たとえば、アイリッシュ‐アメリカンではない。氏族(クラン)をアイデンティティにして、それにともなう毒を身につけたとたんに、物事がおかしくなる。だから平和を管理するのが好きなんです」

「わたしもおなじように感じている」考え込むようすで、ウィリアムズはいった。「部族(トライブ)については同感だ。しかし、じつは海軍が懐かしい。四つの星（大将）と大規模な戦闘部隊の指揮が懐かしい。信じてもらえるかどうか、出世の梯子(はしご)を昇った歳月と苦労すら、懐かしい思い出なんだ。何度も過ちを犯し、学習した。政治が好きで愛国心のかけらもない上官もいた。きょうも、アイリーン・ヤングと話をするまでは、彼女の利己的な上官に情報を伝えるべきかどうかを判断しなければならなかった。結局、伝えないことにした」

「当然だと思います」アンは笑みを浮かべた。「この仕事で重要なのは判断と勘ですからね。規則ではなく。だから長官はこれほど成功しているんです」

「ありがとう。でも、わたしがいいたいのは、ヤングに電話してよかったということなんだ。腐敗した道徳について、だれかと徹底的に話し合うのはいいものだ。そういう交わりはめったにない。わたしはこの仕事が気に入っている。いっしょに働いている人間すべてのことを知りたいと思う。いっしょに働いている人間すべてを好きだということが、気に入っている。しかし、これがわたしにとって天命であることを願っている。最終的には、わたしたちはほとんどの場合、政策を実行している。危機が起きれば、それを政権の展望に沿うように管理する」

アンは肩をすくめた。「いっそ、大統領に立候補したら」

ウィリアムズは苦笑した。「そうなったとたんに数限りない問題が起きるだろうね」

アンが、不思議そうな顔をした。

「統合参謀本部の扱いだけでもたいへんだ」ウィリアムズはいった。「海軍は、わたしに優遇されるのが当然だと思う。陸軍、空軍、海兵隊は手を組んで、そうさせまいとする。統合参謀本部議長を海軍以外から選んだら、わたしは裏切り者と見なされる。海軍から選んだら？　あとの三軍が、シェイクスピアの戯曲にあるような陰謀を企むだろう」

「大統領になった場合のことを、本気で考えているみたいですね」アンが、にやにや笑った。

「テレビの見過ぎだろうね」ウィリアムズが答えたとき、専用回線の電話機が〈錨をあげて〉のトランペット演奏の呼び出し音を鳴らした。ウィリアムズは、発信者のIDをちらりと見た。「こんばんは、大統領」

「一日に二度だな」ミドキフがいった。「世界が厄介なことになっているか、それともきみが世界を安全なところにしているかだ」

「一年に一度くらいはロト籤を当てますよ、大統領」ウィリアムズはいった。

アンが長官室にはいってきて、ドアを閉めた。ウィリアムズはスピーカーホンに切り換えた。

「ウクライナのことだな?」ミドキフがきいた。

ミドキフの鋭さに、ウィリアムズは感銘を受けた。

「そうです。どこかべつの経路から――」

「まだ来ていない」ミドキフがさえぎった。「エイブが、ニューヨークにいるきみの部下と元大使との関係について知らせてきた。偶然そこにいたのではないだろう?」

　エイブとは、エイブラハム・ヒューイット国土安全保障省長官のことだ。ヒューイットは警戒怠りない高官だが、大統領への絶え間ない情報伝達は〝権力にへつらう〟要素が濃い。

「おっしゃるとおりです」ウィリアムズは認めた。「ウクライナ軍上層部に無断でロシアに対する軍事作戦が立案されている可能性があるのを突き止めました。国境近くのスッジャにある新基地への地上部隊攻撃だと思われます」

「首謀者が何者か、わかっているのか?」

「まだわかっていません」

「ウクライナ政府(キエフ)は知っているのか？」

「その気配はありません」ウィリアムズは説明した。「しかし、ロシア政府(モスクワ)のほうもなにか企んでいるようです。ニューヨークの殺人事件の被害者は、ふたりともウクライナの工作員でした」

「プーチンのやつ」ミドキフはいった。「その企てのことを、プーチンは知っているんだな？」

「その可能性があります」ウィリアムズはいった。「訓練の動画が製作され、リークされています」

「だれによって？」

「明らかに、この軍事作戦の黒幕とおぼしい何者かです」ウィリアムズはきっぱりといった。

「なんということだ」ミドキフはいった。「これによって火がつくおそれのある事案が、六件くらいある。きみの勧める案は？」

「これについては、大統領と国務長官に従います。キエフに連絡すべきかどうかを決めなければなりません」

ミドキフがすかさず答えた。「それはだめだ。ボイコ政権は非常に不安定だ。これによって党派主義が強まりかねない。それに、彼らは秘密を守れない。われわれが手を貸したら、プーチンがかならず聞きつける。〝ＮＡＴＯが手を貸した〟といい換えて、それを口実に、べつの旧ソ連共和国に砲弾を撃ち込むだろう。そうなったら、ＮＡＴＯは対応せざるをえない」

「どちらの場合でも、行動方針はひとつだけです」ウィリアムズは告げた。「陰謀を未然に潰さなければなりません」

それを口にした瞬間から、ウィリアムズはこの話の行き着く先に気づいた。アンが険しい表情になったのは、やはりそれに気づいたからだった。

「人間情報(HUMINT)が必要だ」ミドキフがいった。「それがなにを意味するか、わかって――」

「だいじょうぶです、大統領」ウィリアムズはいった。「わたしたちは、そのためにここにいるんです」

ミドキフ大統領は、統合特殊作戦コマンド(JSOC)の部隊最先任上級曹長だったヘクター・ロドリゲスの死をオプ・センターがいまも悼んでいることをいおうとしたのだ。ロドリゲスは、モースルのＩＳＩＬ本拠を強襲したときに死亡した。

「これはマット・ベリーに任せる。彼がきみたちの尖兵(せんぺい)をつとめる」ミドキフはいっいた。

た。「おやすみ。幸運を祈る」

「ありがとうございます」

ウィリアムズは電話を切り、アンのほうを見た。アンの表情はすこしだけ和らいてい

「なにを考えているんだ？」ウィリアムズはきいた。

「ロト籤を当てたとは知りませんでした」

ウィリアムズは頰をゆるめた。「DC3だ（三桁の数字を当てる籤）。たいした金じゃない」

「大統領がおっしゃったように、家に帰って休んだらどうですか」アンがいった。電話のほうを顔で示した。「マットが電話してきて〝政権のビジョン〟のガイドラインを示すのは明朝でしょうし、ブライアンも本部に来るのは早朝です。彼とマイクは、午前五時四十五分の民間便で戻ってきます」

「ホテルに泊まるのをだれが許可した？」

「アイリーン・ヤングでしょうね」アンはいった。「ブライアンは、ヤングと彼女の部下と人脈ができたほうがいいというんです」

彼女の〝部下〟は女性にちがいないので、ウィリアムズはうめいた。十中八九、三十歳未満で、有名人になったドーソンに性的魅力を感じたのだろう。ウィリアムズは、

ドーソンをねたむ気にはならなかった。いまはただ、そういうふうに緊張をほぐす才能があるのがうらやましかった。

ウィリアムズは、アンに礼をいった。長官が帰るまで帰りませんとアンがいい、降参して両手をあげたウィリアムズは、携帯電話をポケットに入れ、ジュースを飲み干して、アンのあとから長官室を出た。

そうしながら、ウィリアムズは、たったふたりだけでも、オプ・センターのチームをニューヨークに派遣したことがどういう結果をもたらしたかを、順序だって考えた。成果はとてつもなく大きかった。現地に要員がいて人間情報を収集することには、やはりつねに大きな利点がある。

オプ・センターにはその権限がある。利用すべきだ。

この非常事態について、自分たちはかなりのことを知っているが、まだじゅうぶんではない。現地は危険な紛争地帯だが、これまで軍事的侵入を行なった場所は、すべてそうだった。

前回はひとり失った……。

ときにはそういうこともある。大きく報道された。だが、記事の主眼は、任務が成功したということだった。

「地上レベルに監視の目が必要だ」ウィリアムズはひとりごとをいった。「盗聴の耳も必要だ」

自分の車に行ったときには、すでに決意していた。資産(アセット)はある。敵の行動について軍が〝相応の懸念〟と呼ぶものものつかんでいる。人員を配置するのに必要な時間もあると思われる。

ヴォルナーとJSOCチームを——まだ力量を試されていないポール・バンコールとともに——問題の地域に送り込む必要がある。

20

ロシア、サンクトペテルブルク
六月三日、午前四時三十三分

アナトーリー・イェルショーフ大将は眠っていなかったので、早朝の電話で目を醒ましたわけではなかった。

イェルショーフはカスピ海沿岸のデルベントで育った。ロシアで最古の都市のひとつ――五千五百年以上を経ている――であるだけではなく、デルベント生まれの妻リョーリャが冗談交じりにいうように、そこには〝正常な時間〟がある。

六月のサンクトペテルブルクでは、日の出は午前三時三十分ごろで、日没は午後十一時に近い。ボリシャヤヤ・アレヤ12にあるイェルショーフ家のすてきな別荘は、寝室の窓の遮光カーテンを閉めて、陽射しをさえぎっている……だが、昼が訪れたという感覚は言葉ではいい尽くせないほど強く、締め出すことができない。まわりの木立で鳥たちが活動をはじめ、芝生の青々とした高い草は朝の風に吹かれ、窓ガラスにおりた霜が温まって、蒸発する前に暖気を放つ。

イェルショーフは、朝の光を利用するためにアトリエにいなければならないと考えている絵描きの妻リョーリャよりも、うまく順応していた。当然ながら、冬には陽が昇るまで何時間も待たなければならないので、リョーリャは憂鬱になる。そういったことすべてに対して、彼女は温和な態度をとっているが、〝わたしたちの友だちのマクシーム〟——国防大臣に対してはあまり温和な態度ではなく、そう呼んでいる——が、よそに転勤させてくれるといいのにと、つねにこぼしている。

リョーリャの願いはかなえられたが、きのうの晩にイェルショーフは、スッジャにいっしょに行くのはやめたほうがいいと注意した。

「ロシア軍基地は、快適なようには造られていないからね」旅のためにスーツケースに荷物を詰めようとしているリョーリャに、イェルショーフはいった。

服でいっぱいのクロゼットからスーツケースを引き出しながら、リョーリャが答えた。「でも、わたしは将校の妻なのよ」

それに対して、イェルショーフはいった。「戦域になる可能性がある場所に夫婦で行くのはやめたほうがいい」

リョーリャは、それを聞いてスーツケースの把手を引くのをやめた。夫が危険にさらされるという現実を悟り、ひどく静かになった。

ふたりは、寝室に引きあげるまでほとんど口をきかず、ほんとうに久しぶりに抱き合った。

そのあと、イェルショーフは夜を徹して考えていた。プーチンから受けた印象の余韻が、意に反してまだ残っていた。上層部の人間に感銘を受けるのは、かなり久しぶりだったので、明瞭に考えることができなかった。深夜にコーヒーを飲む楽しみは、リョーリャと分かち合っていたのだが、異動の話をしたせいで、それが台無しになった。

イェルショーフは、窓を閉めているときにはまわし放しにしておく扇風機のやさしい風を感じながら、真っ暗闇を見つめて横たわっていた。新しい重職にともなう困難と格闘していた。戦術的な問題ではない——それなら対処できる——政治的な問題だった。その地域を担当していたノヴィコフ将軍は、一度の小競り合いのために失脚した。ひとつの誤った行動で——戦わずにすむように武威を示せというプーチンの訓戒に従っても、戦うべきだと判断したときのみに武威を示してプーチンの名誉を汚しても——自分たちはすべてを失う。イェルショーフはそれに耐えられるが、リョーリャは耐えられないだろう。

だから、イェルショーフはリョーリャを抱き寄せ、体をくっつけていることで、より穏やかなエネルギーを得ようとした。戦士のたましいではなく、芸術家のたましいを、論理的で戦術的な頭脳ではなく、強固な理性を求めた。しかし、それらは溶け合わなかった。これはエルミタージュ美術館のなかを歩いているのではなく、戦争なのだ。

そのとき、マクシーム・ティモシェーンコ国防大臣が電話をかけてきた。

「アナトーリー、いくつか報せがある」疲れ切っているか、酔っ払っているような声だった——たぶん両方だろう。「陰謀の存在を確認した。きみが現地に向かうときに、秘話回線でもっと詳しい話をするが、明らかになんらかの形の攻撃が準備されている」

「あらたな命令はあるのですか?」イェルショーフは用心深くきいた。ふたりとも、質問の意味はわかっていた。プーチン大統領の命令は変わりないのか、それとも変更されたのか。

「ない」ティモシェーンコが答えた。「だが、演習は臨戦態勢にあるように行なうように。開始前に、それを全員に徹底させろ」

「了解しました」イェルショーフは答えた。

つまり、空と地上で監視している敵に、その演習が大規模で、細部まで注意が行き届いていて、かなりの脅威になるというのを見せつけなければならない。侵攻する前に、数々の迷いが生じるよう仕向けるのだ。

「マクシームだったの？」腕の下でリョーリャがきいた。

「そうだ」イェルショーフはいった。「眠りなさい」

「マクシームは、酔っていると声が大きくなるわね」

「高官はみんなそうだ」イェルショーフは答えた。

「あなたはちがう」リョーリャがいった。「物静かになる」

「カスピ海に似て」イェルショーフは冗談をいった。

「広く、深く、人間や神羅万象がなにを仕掛けても備えができているのね」リョーリャがからかった。

リョーリャがさらに体をすり寄せ、イェルショーフはじっと横になったまま、若いころに見た広大なブルーの湖を思い描いた。地球上で最大の海とつながっていない湖。堂々としたカモメ、アジサシ、カメ、巨大なチョウザメのことを思い、笑みを浮かべた。色鮮やかな多種多様な生命が共存している。若いころを理想化しているのは、その地域の夜と昼の釣り合いがとれているからではなく、そういったことによるのかもしれない。

だが、自分は現在を生きているし、〝現在〟に取り組まなければならないと、イェルショーフは決意をあらたにした。ティモシェーンコがそういうショーを望んでいるのなら、それを演出しよう。

（上巻終わり）

◉訳者紹介　**伏見威蕃（ふしみ　いわん）**
翻訳家。早稲田大学商学部卒。訳書に、カッスラー『悪の分身船を撃て！』『亡国の戦闘艦〈マローダー〉を撃破せよ！』、クランシー『北朝鮮急襲』『復讐の大地』（以上、扶桑社ミステリー）、グリーニー他『レッド・メタル作戦発動』（早川書房）、ウッドワード『FEAR 恐怖の男 トランプ政権の真実』（日本経済新聞出版）他。

暗黒地帯（上）
（ダーク・ゾーン）

発行日　2021年9月10日　初版第1刷発行

著　者　トム・クランシー&スティーヴ・ピチェニック
訳　者　伏見威蕃

発行者　久保田榮一
発行所　株式会社 扶桑社
〒105-8070
東京都港区芝浦1-1-1　浜松町ビルディング
電話　03-6368-8870(編集)
　　　03-6368-8891(郵便室)
www.fusosha.co.jp

印刷・製本　図書印刷株式会社

ISBN 978-4-594-08895-8　C0197

扶桑社海外文庫

大追跡（上・下）
クライブ・カッスラー 土屋 晃／訳 本体価格各650円

銀行頭取の御曹司にして敏腕探偵のベルが冷酷無比な殺人鬼〝強盗処刑人〟を追い詰める！ 巨匠カッスラーが二十世紀初頭のアメリカを舞台に描く大冒険活劇。

大破壊（上・下）
C・カッスラー＆J・スコット 土屋 晃／訳 本体価格各800円

サザン・パシフィック鉄道の建設現場で事故が多発。社長の依頼を受けて、西部の鉄道で残忍な破壊工作を繰り返す〝壊し屋〟を探偵アイザック・ベルが追う！

大諜報（上・下）
C・カッスラー＆J・スコット 土屋 晃／訳 本体価格各880円

大砲開発の技術者が爆死。自殺と断定されたが娘のドロシーは納得できず、探偵アイザック・ベルに事件を依頼する。弩級戦艦開発をめぐる謀略との関係とは？

謀略のステルス艇を追撃せよ！（上・下）
C・カッスラー＆J・ダブラル 伏見威蕃／訳 本体価格各680円

外見は老朽化した定期貨物船だが、実はハイテク装備を満載した秘密工作船オレゴン号。カブリーヨ船長がロシア海軍提督の野望を追う。海洋冒険アクション！

＊この価格に消費税が入ります。